Deseo™

Novia del desierto

Olivia Gates

HARLEQUIN™

Editado por HARLEQUIN IBÉRICA, S.A.
Núñez de Balboa, 56
28001 Madrid

I.S.B.N.: 978-84-671-7471-7
Depósito legal: B-35233-2009
Editor responsable: Luis Pugni
Preimpresión y fotomecánica: M.T. Color & Diseño, S.L.
C/. Colquide, 6 portal 2 - 3º H. 28230 Las Rozas (Madrid)
Impresión y encuadernación: LITOGRAFÍA ROSÉS, S.A.
C/. Energía, 11. 08850 Gavá (Barcelona)
Fecha impresion para Argentina: 10.5.10
Distribuidor exclusivo para España: LOGISTA
Distribuidor para México: CODIPLYRSA
Distribuidores para Argentina: interior, BERTRAN, S.A.C. Vélez
Sársfield, 1950. Cap. Fed./ Buenos Aires y Gran Buenos Aires,
VACCARO SÁNCHEZ y Cía, S.A.
Distribuidor para Chile: DISTRIBUIDORA ALFA, S.A.

Prólogo

Estaba sucediendo.

Y Shehab ben Hareth ben Essam Ed-Deen al Masud, apenas podía creerlo.

Ya Ullah. ¿Era cierto que estaba de pie en medio de la sala de ceremonias de la ciudadela de Bayt el Hekmah, un lugar donde se celebraban los grandes eventos de la realeza desde hacía seiscientos años, con las negras vestiduras ceremoniales de sucesión que nunca había imaginado que utilizaría?

Sí. Estaba allí. Igual que los miembros del consejo de Judar, los miembros de la familia real y los representantes de la aristocracia.

Intentó no fijarse en nadie excepto en su hermano Faruq, que estaba a su lado luciendo las blancas vestiduras ceremoniales, símbolo del traspaso del poder. El brillo de su mirada mostraba su arrepentimiento y pedía comprensión.

Shehab cerró los ojos con fuerza, reconociendo una vez más todo lo que iba implícito en el lazo que los había unido desde que él había nacido.

Sí. Shehab lo comprendía. Y lo aceptaba. Faruq hacía aquello porque tenía que hacerlo. Porque sabía que Shehab era capaz de soportar esa carga.

Entonces, Faruq habló y su voz reverberó en la sala.

—*O'waleek badallan menni.*

Lo que significaba: «Te cedo mi lugar como sucesor».

3

Entonces, su tío, el rey, que apenas podía mantenerse en el cargo a causa de las crisis políticas y físicas, confirmó con una voz teñida por los achaques y la preocupación:

—*Wa ana ossaddek ala tanseebuk walley aahdi.*

Lo que significaba: «Y yo valido nombrarte mi heredero».

Shehab se arrodilló ante su hermano mayor y extendió las manos, con las palmas hacia arriba, para aceptar la espada de la sucesión. En el momento en que el arma pesada descansó sobre sus manos, él se sintió como si hubiera aceptado el peso del mundo.

Y lo había hecho. Había aceptado el peso del futuro de Judar.

Al sentir el frío acero sobre su piel, cerró los ojos.

Ya Ullah. Era real.

Días atrás él se había encargado de su empresa de informática, un negocio multimillonario que ayudaba a que su país estuviera en una posición privilegiada en el mercado de la tecnología mundial. Días atrás el trono había sido una figura inexistente con un heredero que estaba en la flor de la vida y que lo precedía en la línea de sucesión.

Entonces, llegó el día.

En lugar de que su vida fuera gobernada por la libertad, su futuro estaría marcado por un poder inimaginable. Y por una responsabilidad insoportable. Y sólo habían hecho falta diez palabras.

Sin más, se había convertido en el príncipe de la corona de Judar. El futuro rey de Judar.

En caso de que Judar siguiera existiendo como para tener rey. En caso de que siguiera habiendo un trono que pudiera ocupar.

Capítulo Uno

«Caliente como el infierno, frío como la tumba».

Shehab apretó los labios al recordar aquella frase y miró hacia la multitud de gente disfrazada que estaba en el salón de baile.

No había rastro de la mujer que había pronunciado esa frase.

Él la repitió en voz baja, tarareándola al ritmo del concierto para piano n° 9 de Mozart que estaba tocando la orquesta.

«Caliente como el infierno, frío como la tumba».

Un hombre incluso había añadido «insaciable como la muerte».

Las descripciones sonaban como los títulos que le habían otorgado desde su nacimiento. Jeque al Masud. Su Alteza Real. Y después, Su Eminencia el príncipe de la corona.

Pero según se había consensuado, ella se había ganado los suyos.

Y se esperaba que él se casara con aquella mujer.

No. No se esperaba que lo hiciera. Iba a hacerlo. Tenía que hacerlo.

Apretó los dientes.

A esas alturas ya debería estar resignado.

Había pasado un mes desde que se había enterado de cuál sería su destino. Proteger el trono de Judar.

A veces estaba a punto de odiar a Carmen.

Era a causa del poderoso amor que Faruq sentía por su esposa por lo que le había pasado la carga a Shehab.

Aun así, Shehab podría haber soportado un matrimonio concertado, algo que siempre le había parecido peor destino que la muerte, si la novia hubiese sido alguien aceptable.

Pero Farah Beaumont, la hija ilegítima del rey Atef al Shalaan, el rey de Zohayd, no era aceptable.

No porque hubiera nacido fuera del matrimonio. Y tampoco porque se negara a reconocer su herencia, ni a ser un instrumento para la paz. Respecto a lo primero no tenía nada que hacer, lo segundo podía ser una incapacidad temporal para tratar con su pasado, y los cambios que prometían su futuro.

Pero no era por eso por lo que desdeñaba a su padre y por lo que podía despreciar la idea de convertirse en princesa. El verdadero motivo era lo que la hacía tan repelente.

La suya era una situación privilegiada puesto que su madre se había casado con un multimillonario francés. Después de que su fortuna se perdiera tras su muerte, Farah había intentado llegar de nuevo a la cima. Y la había alcanzado al convertirse en la mano derecha y amante del poderoso Bill Hanson, un hombre casado que podía ser su abuelo.

A juzgar por su comportamiento y por los testimonios de otras personas, Farah Beaumont era una mujer fría, promiscua y enrevesada.

También era una figura crucial para la paz de un país. Pero se había negado a ejercer su deber.

Pero él sí tenía un deber. Pulverizar su negativa.

Volvió la cabeza evitando la fija mirada de una pareja disfrazada de María Antonieta y Luis XVI.

A pesar de ir disfrazado de Kel Tagelmust, el hombre del velo, un tuareg del desierto, Shehab no conseguía desviar la atención de los demás. Al menos permanecía en el anonimato. No podía arriesgarse a que lo reconocieran. Por eso agradecía el baile de máscaras.

Suspiró y notó que el aire de su boca humedecía la tela de algodón que cubría la mitad inferior de su rostro. Se giró para evitar que la pareja se acercara a él y se topó con una mujer disfrazada de Irma la Dulce que batía sus pestañas para llamar su atención. Él murmuró unas palabras de forma amable para dejarle claro que prefería estar solo.

A pesar de que era él quien había organizado aquel evento, no había invitado a ninguno de sus amigos. Sin embargo, había llenado la sala con gente que apenas conocía, o que no le importaba demasiado, para crear un ambiente basado en el anonimato. Él estaba allí para llamar la atención de una única persona. Farah Beaumont.

Si es que aparecía aquella maldita mujer.

De pronto, notó algo extraño a sus espaldas y se volvió para ver qué era lo que había provocado que se pusiera tenso.

Al segundo, sintió como si el mundo se hubiera paralizado delante de sus ojos y sólo quedara la presencia de una criatura cubierta por un vestido de color verde que parecía sacada de un cuento de hadas. Una fantasía hecha realidad.

¿Era ella?

Por supuesto que era ella. Había visto montones de fotos suyas y sabía perfectamente cuál era su aspecto.

O eso creía, porque ninguna de las fotos mostraba el verdadero color de su cabello sedoso, la suavidad de su piel o la profundidad de su mirada. En alguna de las fotos, se veía que eran de color verde. Pero incluso a esa distancia, podían compararse con el verde de los prados y las aguas de color esmeralda de su isla.

«¿En qué estás pensando, idiota? Es una cazafortunas camuflada en un cuerpo de sirena. Un cuerpo que vendería al mejor postor», se amonestó mientras observaba cómo cruzaba la sala provocando que todo el mundo volviera la cabeza pero sin fijarse en nadie.

No era altanería lo que mostraba con su actitud. Era algo que él reconocía demasiado bien. Un intenso deseo de soledad que provocaba que evitara las multitudes y odiara ser el centro de atención, a pesar de que estaba condenada a serlo…

¡Ya estaba otra vez atribuyendo rasgos humanos a una mujer que no le importaba mantenerse al margen mientras un país próspero se sumía en el caos!

«Basta». Había llegado el momento de actuar.

Hizo un gesto a sus camareros.

Después, se acercó a ella con el fin de interceptarla en la entrada a la terraza. Cuando estaba muy cerca, la miró fijamente y vio que ella lo miraba asombrada.

Así que ¿la reina de hielo no era inmune a su mirada?

Teniendo en cuenta la reputación que ella tenía, él temía que fuera la excepción y se viera obligado a buscar la manera de llamar su atención. Al parecer, ella todavía no había encontrado un hombre que se la mereciera.

Pero acababa de conocerlo.

Y quizá cediera si descubría que él era su futuro esposo, que cambiaría un magnate multimillonario por otro que además podía darle lo que necesitaba en la cama, algo que su anciano amante no podía proporcionarle…

¿En qué estaba pensando? Por muy despampanante que fuera, era una mujer despiadada. Y él no se acostaría con ella excepto para concebir a un heredero.

Basándose en lo que sabía acerca de ella, suponía que el motivo por el que se negaba a cambiar su situación era que no deseaba perder la libertad de tener el control de un hombre mayor. Aceptar un matrimonio de Estado, donde estaría vigilada en todo momento y no podría tener aventuras extramatrimoniales, sería algo impensable para ella. Un hombre en la flor de la vida que la obligara a acatar la disciplina era algo que debía evitar.

No. Desvelar su verdadera identidad a una mujer despiadada iría en su contra.

Debía seguir con su plan original.

Además, nunca había visto una mirada de deseo tan potente en los ojos de una mujer y tuvo que esforzarse para controlar el fuerte deseo que se apoderaba de él y para no mostrar la confusión que sentía en su mirada.

Dio un paso adelante y experimentó una sensación de triunfo al ver que ella se quedaba paralizada al ver que se acercaba.

Entonces, sus dos cómplices se chocaron con ellos.

**

Farah Beaumont

Todas las personas que había en el salón de baile se habían vuelto para mirarla al entrar, y los susurros invadieron la habitación como si fuera el sonido de miles de cobras.

Ella se sentía como si hubiese caído en un nido de serpientes. Pero también había provocado que sacaran su veneno al hacerse pasar por la amante de Bill. A veces los motivos que defendía para llevar a cabo aquella locura no compensaban la malicia que encontraba por todas partes. Sólo a veces. Había encontrado la paz desde que Bill se había convertido en su protector y él la utilizaba para vengarse de su esposa infiel. Sus nuevos depredadores eran de los que daban puñaladas por la espalda. Los seductores, normalmente, guardaban la distancia. Y esperaba que también lo hicieran esa noche, puesto que estaba sola.

¡Maldita la hora en la que Bill había insistido en que fuera al baile de máscaras que celebraban para conseguir fondos! Él quería que fuera en representación suya, para que el anfitrión, un magnate de Oriente Medio que hacía un mes había aparecido misteriosamente en el mundo de las finanzas, no se sintiera desairado por el hecho de que un colega del mundo de los negocios no hubiera asistido a su evento. Además, Bill se moría por conocerlo. Y estaba convencido de que el magnate misterioso aparecería en aquella ocasión.

Farah creía que no lo haría. Él había estado manipulando a los medios de comunicación y a las altas esferas de las finanzas como si fuera un titiritero experto. Y continuaba tramando estrategias que cambiarían el curso de la economía de todas las regiones. Ella creía que se daría a conocer únicamente cuando hubiera llevado a cabo su plan. O, quizá, ni siquiera entonces.

Era un hombre sabio. ¿Quién en su sano juicio desaprovecharía la bendición del anonimato siendo alguien tan poderoso? ¿Qué clase de loco iba a querer darse a conocer?

Farah puso una mueca. ¿Tenía que preguntarse eso en presencia de unas dos mil personas?

Podía haber ido allí para conocer al hombre y transmitirle las disculpas de Bill, y habría sido soportable si Bill no hubiera insistido en que se pusiera ese maldito disfraz. Para alguien que se sentía torpe con cualquier ropa que no fuera unos pantalones y unos zapatos planos, el disfraz de Shehrazade era terrible. Pero Bill quería que entrara en escena con todo su esplendor.

Entonces, nada más entrar en aquella sala llena de rumores malintencionados, una intensa mirada se había clavado en ella.

Era la mirada de un hombre con ojos del color de la obsidiana.

Ella se sentía incapaz de apartar la mirada de aquellos ojos que transmitían poder, agresividad y pura masculinidad.

Farah sintió que una ola de calor recorría su cuerpo.

¡Por el amor de Dios! Ella nunca se sentía paralizada. Y nunca pensaba en escenas eróticas en las que sentía la presión de un miembro viril contra su cuerpo, y la cálida respiración contra sus labios, su cuello, sus…

11

Se puso tensa y notó que empezaban a sudarle las manos, los pies y la línea del escote.

De pronto, algo chocó contra su hombro derecho y notó que un líquido se derramaba a su alrededor.

Al instante, dejó de mirar al hombre que la tenía cautivada con la mirada y se percató de lo que había sucedido. Al detenerse en su camino, él se había detenido también, provocando que dos camareros que llevaban sendas bandejas llenas de copas de champán se chocaran con ellos.

Horrorizada, observó cómo se derramaban sobre ellos una docena de copas que terminaron cayendo al suelo.

Los camareros se disculparon rápidamente y otras personas trataron de ayudarlos.

Desorientada por tener a tanta gente alrededor, Farah dijo:

—Está bien… Gracias… Gracias.

Sus palabras no tuvieron ningún efecto ya que seis hombres, los camareros entre ellos, insistieron en ayudarla. Ella estaba cada vez más incómoda y se volvió hacia la única persona que no estaba invadiendo su espacio personal. El hombre. Esa vez, su mirada era acogedora, como un refugio.

Al entender su llamada silenciosa, él se colocó entre ella y sus ayudantes y, con un movimiento de la mano, provocó que se dispersaran. Después, se volvió hacia ella.

Farah evitó mirarlo a los ojos porque sintió que se estaba poniendo colorada.

No podía sonrojarse. No se había sonrojado desde que tenía dieciséis años.

Pero así era, se estaba sonrojando.

Estupendo. Aquel hombre había conseguido que resurgiera en ella la estupidez que creía haber enterrado tiempo atrás junto a su padre. Un hombre que resultó no ser su verdadero padre. Pero, aunque François Beaumont no fuera su padre biológico, ella siempre lo consideraría su padre. Y su muerte, diez años atrás, la había obligado a madurar de la noche a la mañana.

¿A quién estaba engañando? Sólo había madurado en ciertos aspectos. Se había convertido en una experta a la hora de erigir barreras y de emplear sus habilidades sociales cuando surgían conflictos.

Pero, en esos momentos, no le servía nada de eso. Y allí estaba, empapada, sonrojada y sintiéndose idiota.

En respuesta a su nerviosismo, el hombre le entregó varias servilletas para que se secara. Cuando vio que había terminado, se las retiró de las manos temblorosas y las dejó sobre la bandeja de los camareros. Se movió hacia ella y le hizo un gesto para que continuara en la dirección en la que él se dirigía antes de que ella provocara la caída de las copas de champán.

Farah se dirigió hacia la puerta de cristal.

Cuando salieron comenzaron a sonar las primeras notas de un solo de violín. Ella notaba la presencia de él dos pasos más atrás, y su aura magnificada por la ausencia de otros hacía que ella se sintiera pequeña. Miró a su alrededor y vio que no había nadie más que él, y ni siquiera se fijó en cómo la luna iluminaba los jardines.

–Bueno, esto es lo que necesitaba –dijo ella, colocándose un mechón mojado en champán detrás de la oreja.

Él sonrió tras el velo y preguntó:

–¿La brisa fresca de la noche? ¿Y escapar de los admiradores solícitos y de los voluntarios para secarle el champán?

Tenía acento británico. Parecía un hombre educado, culto y con clase. Pero cierta inflexión en su tono de voz indicaba que no era inglés. Hablaba acorde a su aspecto. De manera exótica, superior, formidable.

No es que ella hubiera visto su aspecto. Después de haberse fijado en su disfraz, el de un hombre preparado para enfrentarse a una tormenta de arena, ella no se había aventurado a mirarlo de nuevo. Y, probablemente, no lo haría hasta que él decidiera que ya había pasado bastante tiempo con ella y regresara a la fiesta con su acompañante.

Tenía que tener una acompañante. Los hombres como él, si es que había más hombres como él, siempre estaban comprometidos.

Farah suspiró.

–Me refería a la ducha de champán.

Diablos. Y él sabría que ni siquiera estaba bromeando. Debía permanecer callada hasta que él se fuera. Tenía que recordar que era una marginada por un motivo. Nunca había desarrollado el arte de la conversación. Siempre que soltaba lo que estaba pensando, sin censura, provocaba que la criticaran o se creaba enemigos.

Aquel hombre debía de pensar que era imbécil.

Dándole la espalda, se levantó la falda y la escurrió. Después, se quitó un zapato, y el otro, y los sacudió por encima de la barandilla de mármol, regando los arbustos con champán antes de colocar los zapatos bocabajo para que se secaran.

¿Y qué si le confirmaba que se había topado con la payasa de la fiesta? ¿Qué más le daba lo que él opinara?

Se estaba riendo. Y no de ella. Con ella.

–¿Así que agradece que la hayan refrescado a pesar de tener que pasarse el resto de la noche mojada, pegajosa, con el vestido estropeado y descalza?

–Tal y como estaba sudando, era mi destino. Ya tenía los pies mojados. Ha sido un alivio adelantar el inevitable final.

–¿Puedo preguntarle por qué una mujer con aspecto de bella mariposa estaba sudando a mares en un salón con un potente aire acondicionado?

¿Pretendía que le contara por qué se sentía acalorada e incómoda? ¡Como si fuera a decírselo!

Entonces, abrió la boca.

–¿Es de una especie diferente? ¿Un potente aire acondicionado? No según mi termostato corporal. Al entrar he estado a punto de desmayarme al sentir el calor que emitía toda esa gente, y después posó su mirada sobre mí y estuve a punto de salir ardiendo…

«Cállate. Cállate».

Aquél fue uno de sus peores ataques de franqueza. Ese hombre la inquietaba. Pero sentirse mal por ello no tenía ninguna utilidad. El daño ya estaba hecho.

Apretó los dientes y esperó su respuesta, convencida de que se reiría de ella.

–¡Por eso agradeció la ducha fría! –dijo él–. Muchas gracias.

¿Y por qué diablos le daba las gracias?

–Gracias por darme la oportunidad de contarle cómo se alteró mi temperatura corporal cuando me miró con esos ojos –añadió, y la sujetó por la barbilla para que lo mirara.

Ella se estremeció.

–Hágalo otra vez –dijo él tras un suspiro.

Ella lo miró a los ojos y, esa vez, el impacto fue mucho más duro. Bajo la luz de la luna, el blanco de sus ojos parecía plateado y, por contraste, los iris parecían un agujero negro que la atraían.

Entonces, él comenzó a quitarse la tela que cubría su rostro con lentos movimientos. Cuando se detuvo, dejó caer los brazos a los lados del cuerpo y susurró:

–Míreme.

Sus palabras rompieron el hechizo que la obligaba a mirarlo a los ojos. Ella obedeció y lo miró de arriba abajo.

Era magnífico.

Alto, fuerte y muy atractivo. Pero tenía mucho más aparte del físico. Su mirada hablaba por sí sola, sus movimientos y el tono de su voz la afectaban enormemente.

¿Podía ser que hubiera absorbido el champán por la piel? Se sentía embriagada y necesitaba decirle lo que pensaba.

–¡Cielos, es muy atractivo!

Puso una mueca y se mordió el labio inferior. Lo había dicho. Sólo podía esperar a que él negara con la cabeza, se diera la vuelta y soltara una carcajada. O bien, a que aceptara la invitación que parecía que ella le estaba proponiendo.

Al ver que no sucedía ninguna de las dos cosas, ella añadió:

–Siga mi ejemplo ¿quiere? Dígame lo que está pensando y márchese.

***

Shehab la miró. Aquello era completamente inesperado.

Ella era una auténtica sorpresa.

La mujer que mostraban las fotos y de la que se hablaba en los artículos no se parecía en nada a aquélla. Con cada movimiento, con cada palabra, aquella mujer diezmaba los comentarios que se habían hecho sobre ella. Era completamente diferente de la mujer con la que él había pensado que iba a enfrentarse.

Pero quizá fuera una gran actriz.

No importaba. Fuera ángel o demonio, su misión seguía siendo la misma.

Pero algo había cambiado.

Él había tratado de prepararse para soportar todo a lo que tendría que enfrentarse durante su búsqueda, y había tratado de consolarse pensando que el reino de Judar merecía su vida y mucho más, no sólo su libertad.

Pero lo que él había pensado que sería un deber detestable, cada vez se parecía más a un decadente placer. No podía esperar para entregarse de lleno al intento de seducción.

Capítulo Dos

Ella iba a marcharse.

Él la había mirado durante demasiado rato y se había hartado. O enfadado. Agarró los zapatos, se arremangó la falda y se apoyó en una pierna para ponerse un zapato. Él sabía que en cuanto los tuviera puestos, se marcharía.

Se acercó a ella y la sujetó por las muñecas.

Le quitó el zapato de la mano y, mirándola a los ojos, se agachó frente a ella. Al sentir que le flaqueaban las piernas, la empujó una pizca para que se apoyara contra la balaustrada. En ese momento, dejó de mirarla a los ojos y deslizó la mirada, y la mano, sobre su pierna. Cuando llegó hasta su pie descalzo, se detuvo un instante y cerró los dedos a su alrededor.

Farah pronunció un sonido agudo, se sobresaltó y encogió los dedos del pie.

Shehab se fijó en su respiración acelerada y en cómo la suya se ahogaba con el barullo que salía del salón de baile. Se mordió el labio para calmar la excitación que sentía, saboreando el tacto de su delicado pie.

Le acarició los dedos y, con un gesto, le indicó que doblara la rodilla para que apoyara el pie en su hombro.

Desde esa posición, arrodillado frente a ella y notando cómo temblaba, decidió que había llegado el momento de contestar a su pregunta.

–¿Quieres saber lo que estaba pensando? Pensaba que la palabra «atractiva» se había hecho para ti. Pensaba que eres tú quien debe de ser de otra especie, y que me pones en evidencia.

–¿Yo? –preguntó ella–. Escucha, he dicho cosas embarazosas… Más de lo que suelo soltar sin pensar. Lo siento. Olvídalo y… –se calló e intentó liberar el pie de sus dedos.

Él sólo permitió que lo deslizara hasta la altura de su corazón y lo presionó contra su pecho. Ligeramente, sólo para que supiera que podría retirarlo si quisiera hacerlo, para que supiera que no lo haría.

–No te disculpes. Nunca te disculpes. Me has malinterpretado. Me pones en evidencia con tu franqueza. ¿Cómo voy a olvidar lo que has dicho? Nunca he conocido a una mujer, ni a nadie, que hablara con tal deliciosa claridad.

–¿Deliciosa? ¡Querrás decir dolorosa! Al menos, es dolorosa para mí… Esta vez…

Él la miró y vio que se estaba sonrojando otra vez. Sintió que su sangre invadía su rostro, y su entrepierna. Le levantó el pie y tuvo que hacer un esfuerzo para no besárselo, y para no acariciarle los dedos con la lengua. Un deseo que nunca había imaginado que pudiera ser tan potente. Para contenerse, decidió ponerle el zapato y, al hacerlo, sintió que le temblaban los dedos. La besó suavemente en la parte interior de la pantorrilla y apoyó su pie en el suelo.

–¿Por qué puede resultarte doloroso hacerme un favor, Cenicienta?

–¿Un favor? –preguntó ella, tambaleándose.

Él se levantó despacio y contestó:

–Un gran favor. En el momento en que te vi, me pregunté cómo podría acercarme a ti sin parecer un depredador. Después, me pregunté si sería acertado decirte cómo he agradecido la ducha y que me diera la oportunidad de estar contigo. Pensé en las diferentes maneras de decirte cómo me haces sentir, sin ofenderte ni asustarte. Y aquí estás, demostrándome que no es necesario que emplee ninguna estrategia porque lo que sentimos es mutuo.

Ella negó con la cabeza como para aclararse.

–¿Lo es? Pero… Pero si yo ni siquiera sé qué es lo que siento.

Él le acarició un sedoso mechón de color castaño. Un mechón que estaba demasiado cerca de su pecho.

–¿Por qué no me lo describes?

Ella presionó el cuerpo contra la balaustrada para escapar de su presencia y para contener el deseo de presionar su cuerpo contra el de Shehab. Él lo notó.

–Ya te lo he dicho… Haces que me sienta confusa y torpe.

–Y excitada –añadió él con euforia.

–Sí, eso también –se calló–. No sé por qué te estoy contando esto… Excepto porque sufro de incontinencia verbal –hizo una pausa, respiró hondo y añadió–: Esto es ridículo. Debe de ser la luna llena. O el champán. Yo no soy tan torpe en las relaciones sociales.

Él se acercó a ella.

–Esto no tiene nada de social. Somos tú y yo. La luna no tiene nada que ver con la magia que hay entre nosotros. Sólo nos ilumina. Y en cuanto al champán, sólo nos hemos duchado con él.

–Sí. Quizá nos hayamos embriagado con su aroma.

Él tuvo que reírse. Quería permanecer centrado, pero todo lo que ella decía estimulaba su humor al igual que su libido.

–Embriagados, sin duda. Estás buscando un motivo rocambolesco y, sin embargo, estás aquí, como una imagen de un cuento de hadas que no para de soltar cosas sorprendentes.

–¿Una imagen?

–Sí, una visión. Algo demasiado potente como para ser real. Y tú piensas lo mismo de mí.

Ella asintió sin dudarlo. Entonces, entornó los ojos y se quejó en voz baja.

–¿Cómo puede ser real? ¿Y a qué nos referimos?

–Ya sabes a qué. Algo que creías que no experimentarías jamás. Algo que yo no creía que pudiera existir. La atracción instantánea. Brutal y total.

Ella lo miró desconcertada y, al instante, desvió la mirada.

Él consiguió que volviera a mirarlo con una caricia que no obtuvo resistencia. Ella no iba a rechazarlo como había hecho con el destino de dos reinos.

Shehab cerró el espacio que quedaba entre ambos hasta que sus bocas quedaron muy cerca.

–No trates de eludir la realidad. Admítela.

–¿Cómo? Si ni siquiera sé cómo te llamas.

–Eso es fácil de solucionar –le agarró la mano derecha y se la acercó a los labios–. Me llamo Shehab al Ajman –la besó en medio de la palma–. Ahora, lo único que tienes que hacer para poder admitir la atracción que sentimos el uno por el otro es decirme el tuyo, *ya jameelati*.

Ella retiró la mano, cerrándola como si le quemara.

–¿Eso es árabe?

–Así es, bella.

–Oh… Oh… ¿Eres él? ¿El jeque Shehab al Ajman? ¡No puede ser!

–Te aseguro que sí –sonrió con satisfacción–. Así que sabes quién soy. ¿No te parece que eso demuestra que esto es cosa del destino?

Farah lo comprendió todo, pero sus palabras la incitaron a contradecirlo.

–Oh, no. El destino no tiene nada que ver con esto. ¿Cómo no iba a conocer al arriesgado magnate que ha provocado que se tambalee el mundo de los negocios? Gracias a mi trabajo conozco a todas las personas capaces de provocar fuertes oleajes. Y tú has provocado tsunamis –suspiró–. Disculpa que tenga que enfrentarme a mi propio error. Tenía una idea en la cabeza y ahora me resulta muy cómico encontrarme con la realidad… Tu realidad.

–¿Y cuál es la idea que te provocaba mi nombre y mi reputación?

–Un hombre repulsivo vestido con el atuendo tradicional beduino, que habla con voz nasal y un marcado acento, y apesta a almizcle y…

«Por favor, que alguien me haga callar», pensó ella.

Shehab no pareció ofenderse y le preguntó:

–Mencionaste algo acerca de tu trabajo. ¿Trabajas de verdad?

Ella arqueó una ceja y contestó:

–Sí, trabajo. De hecho, no hago mucho más aparte de trabajar. ¿Y por qué motivo muestras esa incredulidad condescendiente?

–Al verte con este vestido digno de la concubina más importante del harén de un sultán, Shehrazade, resulta difícil creer que eres algo más aparte de la posesión más preciada de un hombre afortunado.

Un fuerte disgusto se apoderó de ella y justo cuando estaba a punto de contestarle con brusquedad, se dio cuenta de lo que estaba haciendo.

–Eres… ¡Oh! Está bien… *touché!* –murmuró–. Me lo merezco.

–Así es –dijo él con una amplia sonrisa mientras le acariciaba un mechón de pelo–. ¿Y qué trabajo es ése que se ha apoderado de la vida de una sirena?

Ella sintió que le daba un vuelco el corazón y fingió mirar a su alrededor.

–¿Una sirena? ¿Dónde? ¿Yo? Cielos, este vestido da una falsa imagen de mí. Lejos de ser una sirena, como sugiere el disfraz que me han impuesto, tengo el trabajo menos adecuado para una sirena. Soy la consejera financiera de Bill Hanson, de Global View Finance.

Él arqueó las cejas una pizca.

–Hablas como si el trabajo no te aportara nada. ¿Por qué lo haces?

Ella se encogió de hombros.

–No sé hacer nada más. Mi padre… Mi padre adoptivo, según he descubierto hace poco, habitaba en el mundo de las finanzas y me crió para vivir en él. Después de que muriera era todavía más importante que yo siguiera sus pasos. Pero cuando tuve la edad suficiente para llevar sus negocios, no quedaba nada. Así que soy afortunada de haber terminado en ese puesto. Nunca he pensado en si me parece interesante o no. Intento hacerlo lo mejor que puedo.

Algo en su mirada hizo que ella se apresurara a añadir:

–Escucha… Respecto a todo lo que he dicho hace unos minutos… No eran más que prejuicios. Lo siento, no sólo por pensarlos, sino por decirlos en voz alta.

Él levantó la mano y le acarició los labios de manera sensual.

–¿Qué te he dicho acerca de pedir perdón? Nunca más, *ya helweti*.

Ella miró la mano que le acariciaba la piel y se fijó en la perfección de sus dedos bronceados cubiertos de una adecuada y fina capa de vello oscuro. Al instante, se imaginó olisqueando esos dedos y acariciándolos con la boca.

Y por si sus caricias no eran suficiente, estaban las palabras que le dedicaba.

–¿Otra palabra cariñosa?

Estupendo. Parecía un pez saltando de la pecera.

Él asintió despacio.

–Eres increíblemente dulce. Con cada palabra, con cada movimiento. No puedo esperar a descubrir si tu dulzura va más allá. Pero todavía no me has dicho tu nombre. Necesito saberlo. Necesito murmurarlo contra tus labios, contra tu piel, probarlo mezclado con el néctar de tu cuerpo, embriagarme con él igual que me embriago contigo. Dímelo.

Ella trató de encontrar la voz para pronunciar su nombre, pero no pudo. Sólo podía pensar en su mirada, en sus labios, y sólo deseaba que cumpliera su promesa y la besara, la poseyera, la devorara.

–Farah… –contestó al fin.

–Farah. Un nombre árabe. Esto es cosa del destino. Y tus padres sabían lo que serías. Felicidad.

Ella siempre sonreía al pensar en el significado de su nombre. Aparte de algunos momentos puntuales que había pasado en compañía de su ocupado padre, nunca había experimentado nada parecido a la felicidad.

Soltó una carcajada y dijo:

—No para mi madre. Desde luego, nunca he sido motivo para su felicidad.

—Por supuesto que sí. ¿Cómo podrías no serlo?

—Para responder a tu pregunta, tendré que remitirte a ella.

—¿Te ha dicho alguna vez que no eres motivo para su felicidad? —preguntó él, frunciendo el ceño—. ¿Qué clase de madre le diría eso a su hija?

—Una madre que haya vivido una vida mucho más complicada de lo que nunca habría imaginado. Supongo que yo le recordaba a mi verdadero padre, así que no era una fuente de pensamientos felices.

Él le cubrió la mejilla con la mano y después le sujetó la nuca para que levantara una pizca la cabeza.

—No tenía derecho a condicionar tu vida, a permitir que su relación contigo se contaminara por la amargura que sentía hacia tu padre biológico.

—Oh, ella nunca me dijo nada parecido. Es mi propia conclusión. Ella siempre está taciturna y distante. Lo hace todo bien, pero es como si se contuviera, como si estuviera desempeñando un papel y no le diera felicidad. Cuando descubrí lo de mi padre biológico, lo comprendí todo. Al parecer, lo amaba con locura, y después de perderlo nunca fue lo mismo para ella.

Él la miró durante un largo instante y finalmente comentó:

–¿No estás resentida con ella? ¿O con tu padre biológico por haber provocado que no fuera la madre perfecta que tú mereces tener?

–No creo en el resentimiento. ¿Qué sentido tiene?

–Sin duda no sólo eres una sirena, sino que eres muy sensata.

Ella tosió para disimular su risa. ¿Sensata? Había dejado de serlo nada más posar la vista sobre él.

–¿Tu padre biológico está vivo? ¿Sabes quién es?

–Sí. Me enteré hace un mes. Y desde entonces ha sido como estar montada en una montaña rusa.

–¿Quieres explicármelo un poco más?

–Umm, agradecería cambiar de tema. Me gusta tan poco como engancharme la piel en un alambre de espino.

Y no estaba exagerando. El día en que su madre le dijo que François Beaumont no era su padre, sino que su padre era un monarca de Oriente Medio, sintió que el mundo se le caía encima. Después, se sintió abrumada por la felicidad que sentía el rey Atef de Zohayd por haberla encontrado, pero se encontró esperando sus llamadas con impaciencia. Sorprendida por su manera de reaccionar se preguntó si estaba desesperada por que su nuevo padre llenara el vacío que había dejado la muerte de su padre adoptivo. Pero el rey Atef la había tranquilizado diciéndole que no estaba traicionando a la memoria de su padre por estar contenta de haber encontrado otro padre. Después, él había ido a verla y le había dado otra sorpresa. Necesitaba que ella se casara con algún príncipe de un reinado vecino como parte de un acuerdo político.

Y ella se dio cuenta de que había sido otro montaje. Otra mentira. Él era otro hombre que fingía sentimientos que no tenía, y que diría cualquier cosa con tal de que ella aceptara sus planes interesados. Ella había tratado de ignorarlo y confiaba en que encontrara otra manera de llevar a cabo su acuerdo, dejara de molestarla y olvidara su existencia...

Shehab le acarició el antebrazo con el dedo índice, tratando de sacarla de sus cavilaciones antes de que las lágrimas afloraran a sus ojos.

–¿Te hizo mucho daño?

–De hecho, engancharme en el alambre de espino no me dolió tanto.

–¿Cómo fue? ¿Cuándo?

–¿La herida? Estaba tratando de pasar bajo la valla de uno de los ranchos de mi padre y me enganché en el alambre de espino. Tenía once años.

–¿Dónde te hiciste daño?

–En la espalda –dijo ella, y se calló el resto. Se había hecho otra herida en la nalga izquierda cuando entró en pánico y trató de liberarse.

–Enséñamela.

No era una petición. Era una orden. Una orden que ella no se planteó incumplir. Cerró los ojos y se volvió.

Él la sujetó y le retiró el cabello de la espalda, dejando al descubierto el pronunciado escote trasero de su vestido.

Le acarició la piel mientras buscaba la cicatriz en su espalda. Ella permaneció callada, incapaz de contarle que no la encontraría allí. Él no necesitaba que se lo dijera. Le bajó la cremallera del vestido y ella estuvo a punto de desplomarse.

Deslizó los dedos junto a su columna vertebral hasta que encontró la cicatriz que tenía sobre la rabadilla. Ella se apoyó sobre la barandilla, inundada por las sensaciones que él le había provocado con sus caricias.

–¿Todavía te duele? –le preguntó moviendo los dedos de arriba abajo por su espalda.

Ella sólo pudo negar con la cabeza.

–Dime que no volverás a hacerte daño –le cubrió la cicatriz con la palma de la mano en un gesto de protección y preocupación.

Era algo que nadie le había mostrado nunca, excepto su padre y Bill, y que él lo hiciera…

Negó con la cabeza de nuevo y sintió que él respiraba hondo antes de subirle de nuevo la cremallera del vestido. Entonces, la agarró por la cintura y la giró para mostrarle el fuerte deseo que sentía por ella.

Ella se quedó inmóvil y notó que le costaba respirar. Tenía que permanecer muy quieta para observar cómo él la besaba por primera vez.

Pero no lo hizo. Acercó sus labios a su rostro y le susurró contra la mejilla:

–*Ya ajmal makhlugah ra'ayta'ha*, la criatura más bella que he visto nunca, baila conmigo.

¿Bailar? ¿Era todo lo que quería?

Pero ella deseaba algo más. Shehab tenía razón: ella nunca había imaginado que pudiera sentir algo así. Un fuerte deseo se había apoderado de ella, asustándola, provocando que anhelara cosas que nunca había anhelado con otros hombres. Cosas que habría odiado que le hicieran otros hombres.

Y él la abrazaba para guiarla en los primeros pasos de un vals, provocando que siguiera sus pasos.

–Eres lo que significa tu nombre –comentó Shehab contra su piel–. Una hurí, uno de los habitantes del paraíso que ofrecen felicidad –la estrechó contra su cuerpo–. Pero no, si esas criaturas existen, no serían nada comparadas contigo. Eres como bailar con la felicidad absoluta, con la pasión en forma humana.

Ella se rió a carcajadas. No creía que nada de eso se aplicara a su persona, pero parecía que él sí lo creía. ¿Y por qué no si ella creía lo mismo de él? Aquello tenía que ser cosa de la magia. Y no estaba dispuesta a pensar cómo o por qué. Sólo disfrutaría de ello.

De pronto, se percató de que había comenzado otra pieza musical y de que ya no estaban bailando. Él la guiaba por los escalones de mármol hasta el jardín. Y ella lo seguía riéndose y preparada para cualquier cosa.

Shehab la llevó hasta un pequeño bosque, la apoyó contra el tronco de un árbol y le sujetó el rostro con las manos. El rayo de luna que se colaba entre el follaje ensalzaba la belleza del rostro de Shehab y de su mirada penetrante.

–Shehab… –susurró ella, convencida de que iba a derretirse ante él.

–Farah…

Y fue como abrir la compuerta de una presa. Ella creía que no habría nada mejor que el tacto y el aroma de su piel. Pero su sabor era mucho mejor. Deseaba ahogarse en él. Ahogarse con sus besos y con las caricias que le hacía por todo el cuerpo, sin detenerse el tiempo suficiente como para que se calmara, provocando que se estremeciera, gimiera y suplicara.

–Shehab… Por favor…

Él la besó de nuevo, introduciendo la lengua en su boca y provocando que ardiera de placer. Le bajó la cremallera del vestido y le retiró los tirantes para dejar sus senos al descubierto.

—Por favor…

Colocó las manos sobre sus pechos para calmar el deseo que invadía su cuerpo. Él la acarició con las manos, la lengua y los dientes, y la estrechó contra su cuerpo llenando con sus miembro viril el hueco que quedaba en su entrepierna…

«Oh, cielos». ¿En qué estaba pensando?

¿Deseaba que él le hiciera todo eso? ¿Allí? ¿En ese momento?

¿Qué le pasaba?

Entonces, tuvo una revelación. No le pasaba nada malo.

Por fin, todo iba bien.

Aquello no estaba bien.

Se suponía que era él quien debía seducirla.

Era él el que siempre mantenía el control de la situación, aceptando o rechazando lo que le ofrecían.

Nunca se había vuelto loco con una mujer.

Pero al posar la mirada sobre sus labios hinchados y sobre sus excitantes senos desnudos, olvidó cómo había comenzado aquello y por qué no podía aceptar lo que su cuerpo anhelaba.

Se había equivocado con ella. Esa mujer cautivadora no se parecía en nada a la arpía que él imaginaba.

Y eso hacía que fuera mucho más peligrosa.

A Shehab no le importaba nada de eso. Ni que fuera la amante de otro hombre, ni que una hora después de conocerlo le estuviera suplicando que le hiciera todo tipo de cosas. Sólo servía para excitarlo aún más.

No. No podía darle lo que ella deseaba con tanta facilidad.

Si lo hacía, ella lo consideraría una aventura de una noche. Y estaba seguro de que con ese tipo de aventuras era como calmaba su insaciable deseo sexual.

Aunque ella había sido discreta, y los informes que tenía sobre ella no incluían ninguna aventura amorosa.

Pero seguía presionando su cuerpo contra él y mostrándole su excitación. Sin duda, tanto deseo no podría calmarse con un encuentro desenfrenado. Podía poseerla allí mismo y provocar que comenzara su adicción, tal y como había planeado…

«No». No podía arriesgarse. Tenía que detenerse. Aunque no estuviera seguro de que su miembro viril pudiera soportar el golpe.

–Farah, espera… –dijo él, pero ella no le obedeció–. Tenemos que parar…

Entonces, Farah reaccionó como si él le hubiera disparado. Se separó de su lado, tambaleándose mientras se recolocaba el vestido. Su rostro manifestaba la vergüenza y la frustración que sentía. Pero era la angustia lo que a él le inquietaba. Una angustia que probablemente estaba fingiendo.

Antes de que Shehab pudiera continuar hablando, ella comentó:

–Tienes a alguien ahí dentro… O en otro lugar, ¿no es así? Debería habértelo preguntado –lo miró fijamente–. Espera. No voy a culparme. ¿Qué tipo de bastado recuerda que está comprometido con otra

31

mujer justo antes de...? ¿Qué clase de cretino provoca una situación así cuando...?

No era el momento de recordarle que él sabía que ella también estaba comprometida.

Shehab la agarró por los hombros y le dijo:

—Espera un momento. No tengo a nadie esperándome ahí dentro, ni en otro lugar.

—¿De veras? —preguntó ella, sin poder evitar que le temblara el labio inferior.

—Farah, sólo te lo voy a decir una vez. No tengo, ni he tenido, ningún compromiso con una mujer.

—Lo que probablemente no dice mucho de ti.

—Dice que soy libre para iniciar una situación como ésta —al oír que murmuraba algo, preguntó—. ¿Qué has dicho?

Ella se encogió de hombros.

—Nada.

—Farah.

—Escucha, será mejor que me calle para siempre y me vaya de aquí. Hazme un favor y olvida que me has visto.

—*Alf la'nah.* Maldita sea, dime lo que has dicho.

Ella suspiró.

—He dicho: «por supuesto que eres libre para iniciar una situación así. Y para terminarla. Al diablo con tu compañera». ¿Estás satisfecho?

Él se rió.

—*Enti majnunah, weh ajeebah...* loca e increíble —la acorraló contra el árbol, le levantó la falda, le separó las piernas y la alzó sobre su miembro erecto—. ¿Te parece que quiero terminar con esto en algún lugar que no sea dentro de ti?

Ella se quedó boquiabierta al sentir la presión de su miembro contra el centro de su feminidad, a través de sus bragas empapadas. Agarrándose a la rama del árbol, rodeó la cintura de Shehab con las piernas.

–Entonces… Entonces, ¿por qué…?

Él la sujetó por el trasero y preguntó:

–¿Por qué he parado? ¿Por qué no estamos camino del primero de muchos orgasmos?

Sus palabras provocaron que ella arqueara la espalda y cargara el peso de su cuerpo sobre su miembro erecto. Él llegaría al clímax, y le provocaría el orgasmo con sólo rozarla a través de la ropa… «No. Para».

Apretó los dientes y se liberó de sus piernas.

–No puedo creer que esté diciendo esto, pero vamos demasiado rápido –dijo él, respirando hondo para tratar de calmarse–. Es mágico y nuevo para mí, un desafío al tiempo y al momento oportuno, por eso no puedo arriesgarme a estropearlo. No puedo presionarte, por mucho que creas que estás dispuesta a todo, y provocar que te arrepientas o avergüences de todo. Te pido, *ya ameerati,* que empecemos de nuevo, despacio… más despacio. Deja que te vea otra vez… y otra vez.

–Oh, sí, sí, sí.

Él se rió. Farah estaba dando saltos y parecía sincera.

¿Y qué más le daba? Todo había salido como él quería.

¿Aunque quizá debería sentirse mal porque ella no fuera la criatura insensible que él pretendía manipular?

No. Aunque ella no estuviera fingiendo, sólo importaban las elecciones que había hecho. Había hablado del dolor que le había provocado descubrir quién era su verdadero padre. No le importaba el daño que le había causado a ese padre, ni a su reinado. Sólo pensaba en su bienestar, y en su placer.

Pues tendría que esperar. La volvería loca de deseo. Y cuando llegara el momento, la poseería y la atraparía. Después se casaría con ella. Y cuando el matrimonio fuera una realidad, no importaría lo que ella pensara o quisiera.

Ella no importaba. Sólo importaba Judar. El trono.

–Deja que te lleve a casa.

–Eso sería maravilloso… –se calló un instante–. Me había olvidado. He venido en coche.

–Le pediré a uno de mis chóferes que recojan tu coche –la atrajo hacia sí y se estremeció al sentir lo bien que encajaba contra su cuerpo. «Céntrate. Toda esta basura es lo que le dices a ella, no lo que sientes por ella»–. Pero no creas que voy a dejarte en la puerta. Te quitaré este vestido, esperaré a que te duches, te meteré en la cama, te daré un masaje y te daré un beso de buenas noches.

Ella empezó a temblar y él se preguntó si estaría lo bastante afectada como para aceptar su propuesta de matrimonio en ese mismo instante.

No. Si Farah rechazaba su propuesta sería definitivo. Y él no tenía más recursos que provocarle deseo. Y éste tendría que ser demasiado poderoso para que ella aceptara el tipo de matrimonio que se celebraba en la cultura de Shehab. Un matrimonio que no podría anularse en un juzgado cuando ella lo deseara.

Le pediría la mano cuando la hubiera enredado por completo, en todos los aspectos.

Cuando llegaron al aparcamiento, él retiró la mano que había metido bajo el vestido para acariciarle un pecho y apretó un dispositivo inalámbrico que llevaba en el bolsillo.

«En cualquier momento», pensó para sí después de darle un beso.

Y en el momento en que Farah se disponía a abrazarlo de forma apasionada, la oscuridad de la noche se quebró a causa de una docena de flashes.

Capítulo Tres

Farah estaba inmersa en el entusiasmo que mostraba Shehab y animada por la promesa de las noches y días que tenían por delante. Al instante, regresó a la realidad, cuando la luz de los flashes interrumpió la intimidad del momento y se percató de quiénes eran las personas que habían aparecido a su alrededor.

Paparazzi.

Un sentimiento de indefensión e indignación se apoderó de ella, en contra de los despiadados depredadores que habían invadido su vida en numerosas ocasiones, contaminando su imagen y quebrantando su paz. Daba igual que, de algún modo, ella les hubiera permitido hacerlo al llegar a un acuerdo con Bill. Seguía molestándola cada vez que sucedía.

La habían pillado en el momento en que había bajado la guardia y se había entregado al placer, provocando que la magia que había compartido con Shehab se convirtiera en algo sórdido que quedaría plasmado en papel.

Pero antes de que pudiera comunicar su angustia, Shehab le ofreció el refugio que necesitaba, girándola y cubriéndola con su ropaje como si fuera la capa de un mago, dispuesto a trasladarla a una dimensión donde no existía nada más que los latidos de sus corazones.

Entonces, otros sonidos invadieron su cabeza. Pisadas, gritos y disparos de las cámaras. Se abrazó a él y, de pronto, sintió que Shehab la tomaba en brazos.

Una limusina negra se detuvo en seco a poca distancia de ellos. Aparecieron media docena de hombres. Uno de ellos abrió la puerta trasera del vehículo y los demás se colocaron entre ellos y los periodistas. Shehab entró en el coche con ella en brazos y, en cuanto cerró la puerta, la limusina se puso en marcha.

Shehab la acarició para tranquilizarla.

–Ya ha terminado –murmuró él–. Mis hombres los detendrán.

Ella cerró los ojos. «Sí, claro. Buena suerte». Los paparazzi ya habían conseguido lo que llevaban buscando desde hacía más de dos años, la prueba de que era una mujer promiscua que engañaba constantemente a su amante. Y ella les había complacido al salir de una fiesta y abrazarse a un hombre como una gata en celo.

Pero había algo mucho peor. Lo que más le dolía era la manera en la que habían aparecido los hombres de Shehab. Sin duda, debían de haberlo seguido en todo momento y, seguramente, lo habían visto todo...

Avergonzada, se liberó de sus brazos y se acomodó a su lado en el sillón de cuero.

Al sentir que todo daba vueltas a su alrededor, apoyó la cabeza en el asiento y dijo:

–¿Puedes pedirle al chófer que pare?

Él apretó un botón y habló en árabe. Después, abrió un compartimento donde había toallas mojadas y le pasó una de ellas por el rostro, el cuello, los brazos y el escote.

Momentos más tarde, la miró y le preguntó:

—¿Mejor?

No, no estaba mucho mejor. Sus caricias la habían tranquilizado en un primer momento, pero después habían provocado que se excitara. Su útero se contraía con tanta fuerza que era casi doloroso.

¿Cómo podía provocarle tanto deseo? ¿Incluso cuando estaba muriéndose de vergüenza?

Ella asintió en silencio. Temía que si hablaba le diría la verdad, y ya le había dicho bastante por esa noche.

Con una sonrisa, él trató de colocarla otra vez sobre su regazo. Ella se resistió y él comenzó a besarle el rostro con delicadeza.

—Deja que te tranquilice, *ya jameelati*. Estás muy afectada por la aparición de los paparazzi, ¿verdad?

—He desarrollado una especie de fobia hacia ellos —admitió Farah.

—¿Te han perseguido más veces?

Shehab se retiró al ver que Farah no contestaba y observó cierto nerviosismo en su rostro. Parecía tan real que casi sentía haber organizado el incidente.

El plan se le había ocurrido cuando le informaron de que los paparazzi habían seguido a Farah al enterarse de que había ido al baile sin Hanson. Él sabía que esperarían en el aparcamiento hasta que ella saliera y que intentarían demostrar que era cierto que le era infiel a su amado. Puesto que él quería conseguir que se convirtiera en princesa, había decidido usar la presencia de los paparazzi a su favor.

Había ordenado a sus hombres que se deshicieran de ellos, que ocuparan su lugar y que fingieran ir tras ellos cuando él se lo ordenara. Su intención era ponerla en una situación comprometida, y tratar de convencerla de que el hecho de que nunca la hubieran pillado en un acto de infidelidad había terminado. Pero incluso sus mejores pronósticos no habían incluido la posibilidad de que él se marchara de la fiesta con ella encaramada a su cuerpo.

Había estado a punto de olvidarse de dar la orden, y lo había hecho a regañadientes, odiando que aquellos hombres fueran testigos de los gestos íntimos que habían compartido.

Él confiaba en que ella le pidiera que enviara a sus hombres tras los paparazzi para asegurarse de que no habría pruebas de lo que había sucedido. Pero su manera de reaccionar ante toda la situación lo había descolocado una vez más.

Estaba asustada y no enojada, y parecía tan afectada que él había tenido que contenerse para no decirle que no se preocupara por nada.

Lo que demostraba que no estaba pensando con la cabeza.

–Llevan persiguiéndome desde que murió mi padre adoptivo –dijo ella al cabo de un rato–. Siempre encuentran un motivo para interesarse por mí. Me da pavor que este último episodio tenga algo que ver con que se hayan enterado de que soy adoptada, o peor aún, de quién es mi padre biológico. Si es así, nunca me dejarán en paz.

Shehab sabía que debían dejar el tema, porque no podía arriesgarse a que ella lo relacionara con la situación que había entre el rey Atef y ella. Pero no pudo evitar preguntar:

–¿Por el hecho del descubrimiento? ¿O es que la identidad de tu padre biológico es digna de crear polémica?

–Ambas. El simple hecho de que François Beaumont no sea mi padre los haría salivar. Pero también la identidad de mi padre causaría sensación. Si yo apenas puedo creerlo, imagina lo que dirían los periodistas al respecto.

Shehab se encogió de hombros.

–También podían estar buscándome a mí.

–Pero nadie sabía quién eras, excepto yo…

–Es cierto.

–¿Te das cuenta de que fue una estupidez desvelar tu anonimato a alguien que acababas de conocer?

Aquello era lo último que esperaba oír de su boca.

Sin saber cómo reaccionar, arqueó una ceja.

–¿Confié en ti?

–¿Y qué parte de tu anatomía tomó esa importante decisión?

–La tomé fiándome de mi intuición.

La ironía de sus palabras hizo que se callara. Su intuición le había mentido desde el primer momento en que posó la vista en ella.

–¿Ves lo que te digo? Acertaste al fiarte de mí pero, ¿y si no lo hubieras hecho? O peor aún, ¿y si alguien te hubiera oído en la terraza?

Shehab la miró. Cualquiera habría pensado que a ella le importaba. Pero sabía que no era así.

–Nadie me oyó. Y nadie habría podido reconocerme. Iba cubierto de ojos para abajo.

Ella soltó una risita.

–¿Y consideras que eso es un disfraz? ¿Crees que nadie reconocería tu mirada? Por no mencionar tu físico. Poniendo las dos cosas juntas cualquiera que te haya visto una vez te reconocería.

–Estuve en la fiesta durante una hora antes de que llegaras. Nadie me reconoció.

–Entonces los paparazzi me seguían a mí. Es extraño, pero me siento aliviada de que sea así –lo agarró del antebrazo–. Pero… las fotos… Puede que hayan sacado alguna de tu rostro. Yo estoy acostumbrada a que me persigan, pero no soportaría que por estar conmigo te veas expuesto a su maldad.

¿Y dónde estaba la petición de que hiciera algo al respecto? Por su propio bienestar, por supuesto, y no por el de ella.

Nada. Sin embargo, a Farah se le humedecieron los ojos y se atragantó.

–Lo siento, Shehab.

Y él abandonó. Inclinó la cabeza y la besó. Ella separó los labios y permitió que le acariciara el interior de la boca con la lengua.

–No lo sientas, *ya jameelati*. Y no te preocupes. No tienes nada que temer cuando estés a mi lado. Te defenderé de todo –y era cierto. «Sólo porque eres la clave para proteger el trono de Judar», insistió para sí–. Mis hombres se asegurarán de que esos paparazzi no tengan nada que publicar.

–¿Quieres decir que ellos…? Oh –las lágrimas hacían que sus ojos brillaran como joyas en la semioscuridad–. No es que eso haga que me sienta mejor. Probablemente los paparazzi hayan visto bastante menos que tus hombres.

Él tardó un segundo en comprender sus palabras. Farah creía que sus hombres habían visto las intimidades que habían compartido en el jardín.

–¿Crees que habría estado a punto de poseerte si mis hombres hubieran estado alrededor?

Ella pestañeó para tratar de contener las lágrimas, pero dos de ellas rodaron por sus mejillas.

–¿No estaban?

–*B'ellahi…* –lamió las gotas que humedecían su rostro y la besó en los labios–. Por supuesto que no. Los llamé en el momento en que aparecieron los paparazzi –algo que era casi cierto.

Ella se relajó entre sus brazos.

–Menos mal. Estaba aterrorizada pensando que lo habían visto todo, y en lo que debió de parecerles a pesar de que fue algo mágico para mí.

Shehab la estrechó contra su pecho y ella se relajó durante un largo instante. Después, se puso tensa, se incorporó y lo miró a los ojos.

–Puede que nos los hayamos quitado de encima pero, ahora que los hemos privado de una primicia, estarán más rabiosos que nunca. Nos estarán esperando en mi casa –dijo ella–. Mira, déjame en cualquier hotel. Pasaré la noche allí y mañana podrán fotografiarme sola cuando regrese a casa después del trabajo.

Shehab le sujetó las manos y se las llevó a los labios.

–Tengo una idea mejor. La noche es joven y podemos despistarlos hasta que crean que no volverás. Ven a cenar conmigo.

Ella cerró la mano al sentir el beso que le había dado en la palma y asintió. Entonces, él se dirigió de nuevo al chófer.

–*Seeda*. Al aeropuerto.

***

42

–¿Al aeropuerto?

Shehab sonrió.

–Vamos a cenar a bordo de mi jet.

La rodeó con el brazo y la acarició durante todo el trayecto hasta el aeropuerto. Cuando se detuvo la limusina, él salió y rodeó el vehículo para abrirle la puerta y ayudarla a salir. Sin soltarla, la guió hasta las escaleras del Air Force One y la acompañó al interior del avión.

Ella había estado en otros aviones de uso privado, pero ninguno se parecía al de Shehab.

–Paso gran parte de mi vida en el aire y, en muchas ocasiones, viajo con mis empleados. Además, muchas veces no tengo la oportunidad de estar en la ciudad y tengo que realizar las reuniones y los recibimientos a bordo.

–Así que tienes un palacio en el cielo para hacerlo, ¿no es así?

–Es un extraño comentario para alguien que vive en el mundo de las finanzas.

–Yo no vivo en él. Según cual sea el talento que necesitan que tenga en un día concreto puedo ser una mujer que echa las cartas del tarot, la vecina pesada, la mujer de la limpieza o el perro lazarillo del mundo de las altas finanzas.

Él soltó una carcajada.

–*Ya Ullah*, ¿crees que algún día seré capaz de adivinar lo que vas a decir? –sin dejar de reírse la guió hasta una escalera de caracol que llevaba al piso superior–. ¿Te parece que este avión es demasiado pretencioso? ¿Una pérdida de dinero que podría gastarse en causas mejores?

–Creo que cualquier artículo personal cuyo precio tenga muchas cifras es ridículo.

–No cuando se trata de algo que me permite ganar cientos de millones de dólares más, un dinero que te aseguro que utilizo en muchos eventos destinados a una buena causa.

–Ahora lo recuerdo. Mucho del dinero que ganas se destina a diversas causas nobles. Cuando estudié tu cartera de inversiones pensé: al Ajman está tratando de crearse una reputación como filántropo igual a la de Bruce Wayne… –se calló al ver que él se reía otra vez–. Es un alivio que seas invulnerable a la metralla que sale de mi boca.

–¿Como Clark Kent, quieres decir? Un gran halago que me compraren con dos superhéroes en dos comentarios seguidos.

–Antes pensé que te quedaría muy bien alguno de esos dos disfraces –dijo ella, y lo miró.

Su expresión indicaba lo mucho que le gustaba que ella no se censurara a la hora de dar su opinión.

–Me siento más que halagado. Quiero ser un superhéroe para ti, *ya jameelati.*

Al llegar a la planta superior él abrió una puerta automática utilizando su huella dactilar. Nada más pasar la puerta se cerró y él guió a Farah hasta uno de los sofás de cuero de color crema. Shehab se agachó y la besó en la sien.

–Allí está el lavabo –le dijo señalando hacia una puerta que había en el otro extremo–. Esos botones dan acceso a todos los servicios. Pide algo de beber o lo que te apetezca hasta que yo regrese –se incorporó y se dio la vuelta–. Volveré a tu lado en pocos minutos.

Ella se acomodó en el asiento, cerró los ojos un instante y después se levantó para ir al lavabo.

Cuando salió, él la estaba esperando junto al sofá.

Ella lo miró de arriba abajo y tragó saliva para deshacer el nudo que sentía en la garganta. Se había quitado el disfraz.

Y no. No estaba desnudo. Pero llamaba bastante la atención como para imaginar cómo sería si no llevara ropa. Vestía una camisa blanca y un pantalón negro y lucía una amplia sonrisa. Tendió la mano a modo de invitación y dijo:

–Ven a sentarte, Farah.

Ella obedeció y se sentó para evitar desmayarse. Su manera de pronunciar su nombre, su forma de mirarla, su forma de moverse y respirar… Era demasiado.

Shehab se sentó a su lado y le abrochó el cinturón de seguridad. Tras abrocharse el suyo, apretó uno de los botones que había en un panel y ella notó que los motores empezaban a rugir con más fuerza. Al instante, el avión comenzó a moverse.

Pero ni siquiera pudo sentir sorpresa.

No sentía nada más que su sangre helándose en las venas.

Había visto algo en su mirada.

Una expresión malvada. Despiadada.

De pronto, la alarma se disparó en su interior.

Se había subido a un avión con él. Estaban despegando y sólo él sabía adónde se dirigían. Alguien que había conocido horas atrás y en quien había confiado plenamente.

¿Y si se había equivocado? ¿Y si su encuentro había sido intencionado? ¿Y si él la buscaba por algún motivo? Por ser quien era, la hija de François Beaumont y la mano derecha de Bill Hanson, había motivos suficientes para que los hombres la buscaran con fines diversos. Y Shehab, si era realmente quien decía que era, consideraría a Bill como un rival y podía haber organizado la fiesta para encontrar la manera de acceder a él. Y como muchos otros, quizá pensara que ella era la vía de hacerlo.

¿Cómo no había pensado en ello antes?

¿Se había interesado por ella antes o después de que le dijera quién era?

Tampoco era que su identidad fuera un secreto. Shehab podía haber ido al baile sabiéndolo todo sobre ella. Después ella le había dado la oportunidad de verla a solas y emplear su magia. No sería la primera vez que un hombre intentara seducirla para acceder a Bill.

Pero la severa expresión que había visto en sus ojos…

Oh, cielos, podía ser mucho peor. Él podría ser un abusador de mujeres. Y ella había caído en su trampa con demasiada facilidad, privándolo de la emoción de la persecución y, quizá por eso, él no había querido llevar a cabo su plan hasta que estuviera a su entera disposición.

Shehab la miró un instante y ella sintió que sus dudas se convertían en realidad.

Fueran cuales fueran sus intenciones, las horas anteriores no habían formado parte de la realidad.

¿Cómo había pensado que podía desearla? Nadie la había deseado nunca y no iba a ser él quien la deseara por primera vez.

La desdicha trató de apoderarse de ella, pero Farah consiguió vencerla. Tenía que tener mucho cuidado para no mostrar sus sospechas.

En ese momento, él la rodeó con el brazo y la atrajo hacia sí mientras le sujetaba el rostro con la otra mano y la miraba lleno de deseo.

Farah no podía soportarlo.

—Basta, por favor. Sea lo que sea, dime qué quieres de mí y terminemos de una vez.

Capítulo Cuatro

Shehab se quedó paralizado al oír las palabras de Farah.

Sólo podían tener un significado.

Se había percatado de que estaba jugando con ella.

¿Cómo lo había sospechado? Él no le había dado ninguna pista. ¿Intuición? ¿O estaba jugando su propio juego? ¿Y con qué fin?

Pero ella estaba temblando entre sus brazos y tenía los ojos llenos de lágrimas.

¿Sería tan buena actriz? Él siempre había tenido un detector infalible para los farsantes y, en ese caso, no detectaba nada que no fuera sincero.

Fuera lo que fuera, tendría que actuar con extremo cuidado hasta que descubriera qué estaba sucediendo. Debía conservar el terreno que había ganado.

Para hacerlo, no debía presionarla. Aunque su instinto le dijera que la estrechara entre sus brazos y la besara hasta volverla loca de deseo.

Shehab se desabrochó el cinturón de seguridad y se puso en pie.

—Farah, cariño, no comprendo nada. ¿Qué ocurre?

—Por favor, deja de actuar —se echó hacia delante y se cubrió el rostro con las manos—. Puedo aguantar cualquier cosa menos eso…

Estaba perdido. Ella sabía que estaba fingiendo. Pero no era cierto en cuanto al deseo que sentía por ella.

–Y yo puedo aguantarlo todo excepto que estés angustiada. Farah, hace unos minutos estabas tan eufórica como yo porque estuviéramos juntos y ahora… Por favor, dime qué ha pasado.

Ella lo miró con decisión.

–Todo. Lo he visto.

–¿El qué?

–Tu cara, tus ojos, la expresión de severidad… No sé… –negó con la cabeza–. Pero no estás eufórico por estar conmigo. No me deseas… Eres como todos los demás. Nadie me ha deseado nunca por ser como soy. O incluso peor…

–Estás tan equivocada que me reiría si esta situación no fuera tan incómoda. Te deseo, Farah. Nunca he deseado a nadie tanto como a ti –dio un paso hacia ella y vio que se ponía tensa–. ¿Me tienes miedo? –al ver que cerraba los ojos a causa de la confusión, añadió–: ¿Estoy pagando el precio por todos aquéllos que han tratado de aprovecharse de ti? Pero como dijiste, es incluso peor. Dudo que tuvieras miedo de ellos.

Una expresión de vergüenza invadió el rostro de Farah.

Pero se le secaron las lágrimas.

–Es que cuando me di cuenta de que el avión despegaba y vi la expresión de tu rostro, me asusté con mis propias especulaciones… ¿De veras me deseas?

Él se pasó la mano por el cabello con una frustración que no necesitaba fingir.

–¿No notas cómo te deseo en cada célula de tu cuerpo?

Ella asintió, y después negó con la cabeza.

–Sí… Pero siento algo más profundo. Si tienes un plan oculto…

Él quería prometerle que no era así. Pero no podía. La mentira se ancló en su garganta. Pero tenía que calmar sus dudas y su único recurso era recalcar las verdades que existían entre las mentiras.

Se agachó a su lado y le agarró las manos sudorosas.

–Todo lo que digo acerca de cuánto te deseo es verdad, Farah. Y no soporto verte en esta situación, sabiendo que yo soy el responsable de ella.

–No lo eres, lo soy yo.

–Soy yo –le retiró un mechón de pelo del rostro–. Debería haberme dado cuenta de que esta situación sería demasiado abrumadora para ti. Estabas afectada por todo lo que había sucedido en las últimas horas, por nuestro encuentro, por nuestra rendición ante lo que denominaste «magia», por la presencia de los paparazzi, por nuestra huida. Y en lugar de darte tiempo para que te recuperaras, te he traído a mi jet privado, donde estás rodeada por una docena de hombres extraños, la mayoría armados. Y sin consultarte, he dado orden para que despegáramos. Creías que íbamos a cenar a bordo, pero en tierra, ¿no es así?

La mirada de Farah indicaba que ni siquiera había pensado. Él le acarició la mejilla y tuvo que contenerse para no gemir al sentir la suavidad de su piel.

–Ni siquiera habías pensado qué pasaría y, de pronto, te has encontrado alejándote de tu realidad. Y por si fuera poco, al despegar me pongo a pensar en un acuerdo precario que tengo entre manos en estos momentos y te doy la imagen de un ejecutivo despiadado. No me extraña que hayas sacado tus propias conclusiones.

Ella se mordió el labio inferior y dijo con voz trémula:

–¿Puedes dar orden de aterrizar, por favor?

–No me crees.

–Sí –protestó ella–. Pero necesito ir a tierra para cavar un agujero hondo y que no vuelvan a verme jamás.

Él suspiró y se acercó a ella un poco más.

–No te avergüences de tus miedos, *ya saherati*. Tienes derecho a dudar, y a preocuparte. De hecho, estoy casi disgustado contigo por no haber sido más rigurosa a la hora de averiguar quién soy y cuáles eran mis intenciones antes de ponerte en mi poder. Pero creo que no lo habrías hecho con nadie más, sino que instintivamente sentiste que tenías más poder sobre mí que el que yo podía tener sobre ti.

Farah cerró los ojos para no verlo, deseando poder desaparecer de la tierra.

Lo había estropeado todo. Y Shehab trataba de quitarle la responsabilidad y asumirla él.

Pero ella no podía creer que no estuviera ofendido. Estaba acostumbrada a ser difamada por la opinión pública y por desconocidos, pero si quien lo hacía era alguien importante para ella, no podría perdonarlo y olvidarlo con facilidad. ¿Era cierto que Shehab podía hacerlo?

Abrió los ojos y vio que él la miraba con nerviosismo. Ella apoyó el rostro contra su mano y dijo:

–Por favor, deja de ser tan galante y comprensivo o no habrá agujero bastante profundo para mí.

—Esto puede convertirse en un círculo vicioso. Yo diciendo que es culpa mía, y tú diciendo que no, que es culpa tuya. Así que, ¿qué te parece si dejamos nuestros sentimientos de culpa y continuamos con nuestra agradable velada?

—¿Por qué ibas a querer pasar más tiempo con una imbécil que más o menos te ha acusado de ser un farsante o incluso un delincuente?

—Yo podría preguntarme por qué ibas a querer pasar más tiempo con un patán que ni siquiera te ha pedido permiso para sacarte del espacio aéreo nacional. Pero no lo haré. Hemos acordado que será mejor que pensemos lo mejor del otro.

Ella lo miró con ironía.

—Yo no he acordado nada. Pero tú estás acostumbrado a este tipo de cosas, ¿no es así? Anuncias algo y asumes que todo el mundo está de acuerdo con ello.

—¿Lo ves? —entornó los ojos—. Lo he vuelto a hacer. Has descubierto mi mayor vicio. En parte soy como un bulldozer.

Ella le acarició la mejilla.

—¿Sólo en parte? ¿Y ése es tu mayor vicio? ¿Estás seguro de que no tienes ninguno más importante?

—Aunque me encantaría que analizaras todos los vicios de mi personalidad, tenemos asuntos más importantes de los que preocuparnos. Por ejemplo, la comida. ¿No te ha entrado hambre después de tantas emociones? Le he pedido al cocinero que prepare mis platos favoritos de la cocina tradicional de mi país para que los pruebes.

Su manera de decirlo provocó que a ella le sonara el estómago.

—Creo que ya tengo la respuesta.

Shehab apretó un botón y, al momento, aparecieron los camareros con unas bandejas. Un delicioso aroma emanaba de los platos y Farah no pudo evitar humedecerse los labios.

Él se puso en pie y le tendió la mano. Farah la aceptó y permitió que la ayudara a ponerse en pie. La guió hasta el comedor, donde la mesa estaba preparada para dos.

Tan pronto como se marchó el último camarero, Shehab levantó la tapa de una de las bandejas de plata. Al ver el delicioso aspecto de la comida, ella gimió.

–Esto es *matazeez*, tacos de ternera cocinados en salsa de tomate, quingombó, berenjena y calabacín. Lo que parecen raviolis es una masa especial que se añade a la mezcla antes de que se termine de cocinar. Algunas personas lo consideran un plato completo, y otras lo toman con arroz o *khobez*.

–¿Eso es este pan? –preguntó ella.

Shehab asintió y sonrió al ver que ella se inclinaba para oler el plato.

–¿Quién iba a imaginar que supieras tanto sobre la preparación de los platos que te gustan?

–¿Te parecía imposible que supiera cocinar?

–Si es así, sabré que eres una fantasía.

Él se rió.

–No me describas más platos. Sólo con verlos y olerlos ya empiezo a salivar –añadió Farah.

Shehab se rió de nuevo. Ella gimió al oírlo. Y al percibir el aroma de la comida mezclado con el de la virilidad.

Él le sirvió un plato, pero cuando ella se disponía a agarrar los cubiertos, la detuvo. Se sentó frente a ella, agarró el tenedor y comenzó a darle de comer, mirándola con ternura.

Farah disfrutó del momento, elogiando el sabor y la textura de la comida, tratando de adivinar los ingredientes de la salsa, adivinando que llevaba canela y nuez moscada, y descubriendo el *semmaq*, una nueva especia de la que nunca había oído hablar y que era exclusiva del país de Shehab.

A partir de cierto momento, él comenzó a alternar los bocados entre ellos y Farah sintió que el hecho de compartir la comida con él era un gesto más íntimo que el rato que habían compartido en el jardín.

Cuando Shehab comenzó a darle el postre, ella dijo:

—Sobre esto sí que voy a tener que preguntarte. Puedes contarme qué es.

Él se rió.

—Se llama *maasub*. Es *khobez*, cortado en pedazos pequeños, frito, aplastado con plátano y azúcar moreno y caramelizado con mantequilla. Está aderezado con pimentón dulce, azafrán y esas sabrosas semillas negras que se llaman *hab el barakah*, que quiere decir «semillas de bendición».

—¿De bendición o de maldición? Mis caderas y mis muslos ya opinan lo último.

—Esas partes de tu cuerpo son una bendición en sí mismas. Un poco más sería una bendición mayor.

—Oh, no. Ya lidié con mi peso cuando era más joven y no quiero pasar por ello otra vez.

—Quería que probaras la riqueza de sabores que tiene mi cultura, pero si esta perfección es resultado de tu duro trabajo, no haré nada para sabotearlo.

Ella sintió un nudo en la garganta. Siempre que

había hecho un comentario como aquél, la gente se había mostrado incrédula hacia que tuviera esa preocupación. También la habían acusado de estar buscando un cumplido, o habían pensado que su metabolismo le permitía comer todo tipo de cosas y no ganar peso.

Pero él la comprendía. Y la apoyaba. Era estupendo.

Shehab se puso en pie, invitándola a marcharse de la mesa.

Se dirigieron al salón y él se sentó frente a ella en una butaca.

La miró un instante y dijo de pronto:

—Se me acaba de ocurrir otra cosa que creo que ha podido asustarte. El hombre en el que confiaste y al que deseabas iba vestido con el atuendo tuareg. Al verme con esta ropa, has debido de sentirte como si fuera otra persona diferente.

Ella levantó la vista, dejando de mirar las piernas musculosas que se ocultaban tras la fina tela del pantalón.

—¿El atuendo tuareg es como vestís habitualmente en tu país?

—No. Los tuaregs provienen, y viven en su mayoría, en el desierto del norte de África y son muy puristas en cuanto a su linaje. Mis antepasados, que en su mayoría provienen de Asia, no habrían podido casarse con alguien de su tribu.

—Cielos, debo de parecer una ignorante dando por hecho que todos los árabes tienen los mismos orígenes.

—A los tuaregs no se les puede considerar árabes. Ellos se llaman *Kel Tamajag*, porque hablan Tamasheq, una lengua que no tiene nada en común con el árabe. Pero es normal que los englobes en el mismo grupo. En mi país, mucha gente considera que todos los blancos son americanos.

—Estoy segura de que eso no sucede entre la gente con cierta educación. La gente que tiene una educación como la mía no tiene excusa para hacer esas generalizaciones. Soy muy ignorante respecto a esa parte del mundo.

—Yo te enseñaré todo lo que quieras saber.

Ella estaba segura de que no sólo se refería a las complejidades de su región y a sus diferentes culturas y gentes.

Tragó saliva para recuperar el aliento.

—Está bien, puedes empezar ahora mismo. ¿Cómo viste la gente de tu país?

—La mayor parte de los hombres llevan un *taub* blanco o un *shmagh* de cuadros rojos y blancos con un tocado de color negro. Si hace frío, se ponen un *abaya* negro. Yo llevo ropa moderna, excepto en los actos oficiales. Siento decepcionarte, pero no siempre voy vestido como si acabara de salir del cuento de *Las mil y una noches*.

—Pues sí me decepcionas. Y es extraño. Nunca me había llamado la atención ese atuendo, ni siquiera lo había relacionado con *Las mil y una noches*. Nunca te he visto con un…

Era evidente que estaba condenada a decirle todo lo que se le pasaba por la mente. Esperaba que no se molestara por ello.

—*Ya gummari*, tengo un extenso armario lleno de ropa tradicional de mi país y me pondré todo aquello que desees. Estoy seguro de que aprenderé a disfrutar de esos complicados atuendos cuando me estés desvistiendo, capa por capa... –suspiró–. Hasta entonces, debo conformarme con las fantasías y las expectativas.

Farah se sonrojó.

Él negó con la cabeza al verlo.

–Hace unas horas estabas dispuesta a que te hiciera el amor, ¿y ahora te sonrojas por una indirecta de ligero contenido erótico?

–¿Ligero? Sí, claro. Pero dejando eso a un lado, ¿no te avergonzarías si estuvieras asumiendo que has estado a punto de hacer una locura con un extraño y que, de no ser por su influencia, podría haber salido en todos los periódicos del mundo?

–¿No crees que «locura» es un calificativo muy suave?

Ella lo miró.

–¡Te estás riendo de mí!

–Contigo –dijo él, negando con la cabeza.

Eso no la tranquilizó. Estaba descolocada y seguiría estándolo mientras él continuara haciendo que se sintiera como una idiota.

Shehab la miró desconcertado.

¿Estaba diciéndole que no mantenía relaciones sexuales con desconocidos? ¿Que no mantenía relaciones de una noche? ¿O de unos minutos, como le había suplicado a él?

–Siento habértelo dicho. Nadie te hará hacer nada que no quieras hacer. He hecho el idiota y me han pillado. Tarde o temprano tendré que afrontar las consecuencias. Escucha, cuando aterricemos, olvida lo que dije acerca de ir a un hotel. Tomaré un taxi a casa y terminaré con esto.

–Prometiste verme otra vez.

–Sí, eso fue antes de que recordara que soy un imán para los paparazzi. Y no puedo permitir que salgas en todos los periódicos.

¿Era la excusa para deshacerse de él? ¿O realmente le preocupaba provocarle un escándalo? Sin duda, sus palabras parecían sinceras.

–¿Te preocupa mi privacidad?

–No sabes lo valiosa que es. Has sido muy inteligente al mantener tu anonimato. No merece la pena arriesgarlo por nada.

–Por ti sí.

–No exageres, por favor. Apenas me conoces. ¿Cómo sabes que merezco la pena? Y por cómo me he comportado contigo hasta ahora, sé que cualquier hombre pensaría que no la merezco. Pero tú entre todos los hombres… Creo que me deseas, pero no me gustaría ver lo que tienes dentro de la cabeza y descubrir lo que realmente piensas de mí.

–¿Y qué tengo de distinto respecto a otros hombres?

–¿Qué es lo que no es distinto? Además, vienes de una cultura en la que se glorifica la modestia y la virtud de las mujeres, y que es cruel con aquéllas que no acatan las normas, y yo… Yo…

–Tu mente se está yendo por la tangente otra vez. Te estás castigando por un delito inexistente. No creo que la famosa virtud sea un requisito de las mujeres, más que de los hombres. ¿Me consideras un degenerado por haber permitido que nuestro primer encuentro se convirtiera en algo erótico tan deprisa?

–Sabes que no. Fuiste tú el que se detuvo, el que mantuviste el control, mientras que yo…

–Tú te dejaste llevar.

Ella asintió mirando al suelo.

–Yo también. Lo único que hizo que me detuviera fue el miedo a esta misma situación. A lo que sucedería cuando no pudieras defender tus actos ante ti misma y acabaras alejándome de ti avergonzada por lo que consideras un desliz.

–No he dicho que fuera un desliz. He dicho que fue una locura. No sé cómo manejarlo, no sé qué pensar…

–Bueno, yo sí. Creo que nunca imaginé que pudiera existir un deseo tan fuerte como ése. Pero es tan puro y tan poderoso que tampoco sé cómo manejarlo. Lo único que se me ocurre que puedo hacer para calmarlo es recrearme en él… Y en ti. Pero estás haciendo que sea casi imposible. Cada vez que hablas, cada vez que respiras, haces que desee desnudarte y devorarte.

Ella se sonrojó de nuevo.

–¿Estás seguro de que si me vuelves a ver tu privacidad no correrá peligro? Estoy muy expuesta y a menudo soy difamada. Sería terrible que el veneno de los periodistas recayera en tu vida. No puedo permitirlo.

De pronto, Shehab estaba enojado. Enojado con la gente que había causado tantos problemas en su vida. Y consigo mismo por haber ideado el plan que tanto daño le había hecho. Podía terminar perdiéndola.

Se puso en pie y se sentó junto a ella en el sofá.

–Los paparazzi no pueden hacerme nada –dijo–. Y los convenceré para que se olviden de tu existencia.

Ella pestañeó al oír que hablaba con furia. Entonces, hizo otra cosa inesperada. Se rió.

–¿Supongo que emplearás métodos no demasiado legales para obtener ese milagroso resultado?

–No haré nada que no merezcan –masculló–. Invadir la privacidad de otras personas, quebrantar su paz.

–Provienes de una cultura que defiende lo de ojo por ojo, ¿no es así? Uy, ya estoy metiendo la pata otra vez…

–No te preocupes por nada de lo que me digas. No tengo ninguna sensibilidad especial que puedas pisotear. Y si la tuviera, no deberías controlar tus palabras. Creo que lo políticamente correcto se está volviendo en nuestra contra y me niego a caer en esa trampa. En cualquier caso, tienes razón acerca de que en mi cultura se aboga por el ojo por ojo. El agresor es quien tiene la culpa.

–Es tentador –dijo ella con un suspiro–. Pero ahora que me doy cuenta del poder que tienes, no puedo utilizarlo para mis propios fines. El poder conlleva grandes responsabilidades. Me sentiría como si estuviera bombardeando a alguien por haberme escupido. No, déjalos tranquilos. Tarde o temprano se aburrirán.

–¿Serás tan piadosa cuando ellos te hayan demostrado que no tienen piedad alguna? ¿Cuando se ganen la vida alimentándose a costa de la tuya?

–No sé. Sólo sé que no puedo formar parte de su horrible manera de actuar. Tomando represalias sólo contribuiré a envenenar el mundo aún más, por no mencionar que ensuciaré mi karma.

Él apretó los dientes. Deseaba que Farah le diera carta blanca para quitarse del medio a los periodistas.

–Confío en que cambies de opinión y permitas que me encargue de ellos. Hasta entonces, no se acercarán a ti. No regresaremos a tu casa. Y no te llevaré a un hotel. Quédate conmigo, *ya jameelati*.

Al cabo de un instante, ella tartamudeó.

–Sé que te he dado la impresión de… Bueno, que te he pedido que… Pero en realidad, no es mi estilo, Shehab.

–No te estoy pidiendo que vengas a mi casa para compartir mi cama. He dicho que iríamos despacio, y eso haremos. Te ofrezco mi hospitalidad y mi protección mientras la necesites.

–Oh, cielos, Shehab, pienso que…

–¿Qué tal si dejas de pensar un rato?

Ella cerró los ojos y dijo:

–Ése es el problema. Desde que te conocí, he dejado de pensar.

Shehab le acarició los ojos para que los abriera.

–¿Y por qué te parece algo malo? Las últimas horas han sido como una montaña rusa. Aprovecha el tiempo que pases en mi casa para relajarte, disfrutar de mi compañía y conocerme, igual que pienso conocerte yo.

–Pero tengo que… No sé qué tengo que hacer, ¿de acuerdo? Sea lo que sea, no puedo hacerlo contigo a mi lado. Por favor, Shehab, llévame a casa. Tengo que reflexionar acerca de lo que ha sucedido entre nosotros esta noche, en cómo yo…

Y se calló de golpe.

La estaba perdiendo. Ella estaba recuperando la sensatez. No podía permitírselo. Tenía que dar un paso más.

Sacó el teléfono móvil del bolsillo y dio una orden

que constaba de dos partes. La primera era una improvisación en su plan. La segunda la compartió con ella.

–He ordenado que aterricen.

Ella asintió y miró a su alrededor para no mirarlo a él. Shehab dejó el teléfono entre ellos, sobre el sofá, apretó los dientes y empezó la cuenta atrás…

De pronto, el teléfono comenzó a vibrar. Él contestó tranquilo, sin dejar de mirar a Farah.

Al cabo de unos segundos, miró a otro lado y puso una expresión incierta. Ella sintió que se le encogía el corazón. ¿Malas noticias? ¿Algo personal?

Tras unas palabras en árabe, colgó el teléfono. Ella observó que dejaba el aparato sobre la mesa.

Finalmente, Shehab la miró a los ojos y ella sintió que le daba un vuelco el corazón.

–Un problema inesperado ha echado por tierra el acuerdo del que te hablé antes.

Ella lo miró y contuvo el aliento, confiando en que continuara hablando.

–No puedo decir cuánto tiempo se tardará en controlar los daños y en restablecer el asunto. Semanas. O meses, quizá.

–Oh –fue todo lo que ella pudo decir.

¿Qué podía decir cuando él le estaba diciendo que no podían continuar? Shehab regresaría a su país, durante semanas, o meses. Y se olvidaría de ella.

Había terminado antes de empezar.

Capítulo Cinco

–Entonces… ¿Esto es un adiós?

Shehab miró a otro lado.

–Supongo que sí. Te pediría que nos viéramos después de que solucione el problema, pero supongo que no tiene sentido.

Una vez más, ella no tenía nada que decir al respecto. Él desaparecería de su vida y ella no podría evitarlo. Pero sí había algo que podía hacer, decirle que le habría gustado que hubieran empleado mejor el tiempo que habían pasado juntos, haberle dejado buenos recuerdos, igual que él se los había dejado a ella.

–Shehab, quiero decirte que lo siento, por todo… –él levantó la mano para que se callara–. Está bien, no quieres oírlo, pero voy a decírtelo. Me has regalado una noche especial, una noche irrepetible y, a cambio, yo sólo te he dado un dolor de cabeza.

Él la fulminó con la mirada.

–Has sido increíblemente sincera hasta este mismo instante, no empieces a actuar ahora.

–¿Actuar?

–Sí, a asumir la responsabilidad de cómo han salido las cosas para suavizar el golpe. No voy a fingir que es un contratiempo con el que puedo lidiar, porque no es así. Pero, por favor, no compliques más las cosas y pienses que tienes que tranquilizarme. Tienes derecho a cambiar de opinión en cualquier momento.

–Eres tú el que ha cambiado de opinión –dijo ella con voz temblorosa.

–Yo no –contestó él, poniéndose en pie.

–Pero has dicho que no tenía sentido volver a buscarme.

–Sólo porque habías dejado claro que no quieres verme. Y puesto que parecías horrorizada por lo que habías permitido que sucediera entre nosotros, no quiero imponer mis deseos donde no debo, añadiendo el cargo de acoso a… –se calló al ver que ella lo miraba boquiabierta–. ¿No pretendías decirme que no querías volver a verme?

–Si en algún momento es lo que he dado a entender, está claro que mi capacidad de comunicación es nula.

–Dijiste que querías irte a casa.

–Quería irme a casa esta noche. Pero esperaba estar contigo mañana, cuando hubiera recuperado el equilibrio y pedido una dosis de discreción.

Él se acercó a ella, la estrechó entre sus brazos y acercó la boca a su mejilla.

–Espero que nadie te la dé nunca. De hecho, haría cualquier cosa para asegurarme de que nadie lo hiciera. Me has cautivado con tu franqueza, y me entusiasma tu espontaneidad.

–¿Incluso cuando se convierte en una paranoia?

–Soportaría cualquier cosa para disfrutar de ello. Y haría cualquier cosa por evitar que vuelvas a distanciarte de mí, o por que el dolor y las dudas no vuelvan a inundar tu mirada.

–Oh, no volveré a hacerlo. Y nunca volverás a ver eso en… –tragó saliva al darse cuenta de las tonterías que estaba diciendo–. En la hora que me queda para disfrutar de tu compañía.

Él la agarró por los hombros.

–Pero volveré a verte. Cuando se solucione el problema.

–Sí, claro.

–¿Qué pretendes decir con ese tono de sarcasmo, *ya jameelati?*

–Que dentro de unos meses probablemente no te acuerdes de mí, y mucho menos que te tomes la molestia de venir a verme.

Él negó con la cabeza.

–¿Cómo puedes subestimar el efecto que has causado en mi persona hasta ese punto? ¿Crees que te olvidaré? –la sujetó por los hombros otra vez y sus ojos se llenaron de lo que parecía una promesa–. Los meses que pase alejado de ti serán como cumplir una sentencia. Contaré los minutos que faltan para volver a tu lado.

Farah notó que su corazón latía deprisa.

–Oh, Shehab, eso es lo que yo siento –le acarició el mentón–. Pero si regresas, no me importará.

Él cubrió la mano de Farah con la suya y la presionó contra su rostro.

–Entonces, eres mucho más fuerte que yo. Me volveré loco de frustración y, probablemente, mande al infierno lo que esté haciendo por volver a tu lado.

–No, no lo harás –le sujetó el rostro con ambas manos–. Hay mucha gente que cuenta contigo, y lo resolverás todo sin problema, como siempre. Además, mientras estés lejos, no tenemos por qué perder el contacto. Podemos llamarnos por teléfono, escribirnos mensajes de correo electrónico, tener videoconferencias…

–Y hacer que la espera sea más insoportable.

Ella asintió al percatarse de la realidad de sus palabras.

–Ya te echo de menos y todavía estás aquí.

Shehab la abrazó y comenzó a besarla en aquellas partes del cuerpo que tenía al descubierto.

–Esto sucede una vez en la vida. No puedo dejarte. Ven conmigo, Farah.

–¿Que vaya contigo? ¿Cómo?

–Le diré a los pilotos que vuelvan a ganar altura y pongan rumbo a mi casa.

Farah se liberó de su abrazo y lo miró.

–Te estás riendo de mí.

Él le sujetó el rostro con las manos.

–Nunca he tenido menos ganas de reír. Lo digo en serio, Farah. Ven conmigo.

–¿Cómo? Y no me describas el plan de vuelo. Tienes un problema que resolver…

–Deja que yo me ocupe de eso.

–Y yo tengo que trabajar…

Shehab le cubrió la boca con la mano para silenciar sus palabras.

–Tómate vacaciones.

Shehab observó que Farah se quedaba estupefacta. Era como si le hubiera propuesto que echara a volar.

–Nunca me tomo vacaciones –dijo ella.

Él tenía informes acerca de que ella siempre estaba presente en el trabajo. Y había pensado que su amado la mantenía controlada. Pero parecía que era ella la que nunca consideraba la opción de tomarse vacaciones.

Le acarició la mejilla.

–¿Nunca?

–Supongo que nunca he tenido nada que hacer con mi tiempo libre, así que nunca lo he necesitado.

–¿Y ahora no quieres tenerlo? ¿Para estar conmigo? Si me acompañas, iré a los sitios que tenga que ir, pero volveré junto a ti cada minuto que tenga libre.

–¿De veras quieres que vaya contigo a…? ¿Dónde vives?

–En una isla que está a poca distancia de la costa de Damhoor –no mencionó que Judar era el lugar más cercano. No quería mencionar el lugar para que no lo asociara con él. Y contaba con la ignorancia que ella había confesado tener. Ni siquiera se había molestado en buscar en el mapa dónde se encontraba el reinado de su padre biológico. Si lo hubiera hecho, sabría que Zohayd no era el único lugar vecino a Judar, sino también Damhoor, y se habría sentido incómoda. Sin embargo, el nerviosismo que mostraba se debía a la sorpresa mezclada con el entusiasmo y la indecisión. Él tenía que solucionar la última parte. Y rápido. Conocía la mejor manera de hacerlo.

Fingió una expresión de dolor con la mirada.

–¿Todavía no confías en mí, Farah?

–No. Todo es tan repentino… Es una oferta maravillosa y desmesurada, y después de todo lo que ha sucedido esta noche, no estoy centrada, estoy flotando… De todas las maneras posibles.

Él sonrió. Su estrategia estaba funcionando.

–Di que sí, Farah.

Ella lo abrazó y le ofreció los labios. Todo su cuerpo decía que sí.

Pero cuando él se retiró para escuchar la palabra de su boca, ella dijo:

–Pero tengo que regresar a casa…

–No, no hace falta, *ya gummari*.

–Tengo que cambiarme de ropa. Este vestido está pegado a mi piel. Tengo que recoger las cosas importantes. Lo único que llevo son mis llaves. En estos momentos no soy nadie, no tengo dinero, pasaporte, ni siquiera un cepillo de dientes…

Shehab la besó de nuevo.

–¿Eso es un sí?

–Sí.

–Aunque me dará pena despedirme de este vestido, puedes quitártelo ahora mismo. Mi hermana utiliza el jet para hacer sus viajes a Estados Unidos y siempre deja ropa a bordo –la besó de nuevo–. Veamos, ¿qué falta? Un cepillo de dientes. Tendrás una docena para elegir dentro de un momento. Cuando lleguemos te estará esperando un pasaporte nuevo, y cualquier cosa que puedas necesitar. Además, podemos volar a Damhoor o Bidalya si necesitas comprarte algo.

–Pero no tengo dinero… Bueno, no puedo creer que me esté preocupando por eso. Tardarán un par de días en emitir una nueva tarjeta de crédito. Estoy hecha un lío. ¡Estoy preocupada por las tarjetas de crédito y por los cepillos de dientes y no por solucionar el tema de mi ausencia en el trabajo!

Él le ofreció su teléfono.

–Adelante.

Ella negó con la cabeza y buscó su bolso para sacar su teléfono.

Al cabo de unos segundos, dijo:

–Bill, soy yo. No, no pasa nada… –se calló al oír lo que parecía el gruñido de un oso–. ¿Despertarte a las cinco de la mañana? –miró a Shehab con incredulidad–. No me he dado cuenta de que era tan tarde –otra pausa–. Sí, me marché temprano de la fiesta. ¿Tú ni siquiera fuiste? Escucha, Bill, te diré una cosa y permitiré que sigas durmiendo. Mañana no iré a trabajar… Bueno, hoy. No, no estoy enferma. ¿Desde cuándo me tomo el día libre cuando estoy enferma? –otra pausa más larga–. Bill, no voy a tomarme un día libre. Voy a tomarme vacaciones.

Hizo una pausa para esperar a que Bill dijera algo. Al parecer, estaba demasiado perplejo como para responder.

–Me he dado cuenta de que han pasado siete años desde que empecé a trabajar contigo, así que podemos considerar que éste es un año sabático. Pero no te preocupes, todo va bien, y si necesitas algo puedes llamarme por teléfono. También tendré conexión a Internet –miró a Shehab y él asintió–. Mándame un correo cuando sea urgente.

Bill comenzó a hablar al otro lado de la línea. Al final, ella lo interrumpió.

–Es cierto que te he dado motivos para creer que soy un androide, pero mira mi contrato y descubrirás que pertenezco a esa especie que tiene lo que se llaman derechos humanos. Y por supuesto, también aparece la descripción de mi puesto, y ambos sabemos que la he cumplido más que de sobra –hizo otra pausa para permitir que Bill hablara–. No, no sé cuánto tiempo voy a estar… –miró de nuevo a Shehab. Él negó con la cabeza y se mordió el labio inferior con la sensualidad de una promesa abierta. Dependía del tiempo que tardara en convertirla en su esposa. Ella sonrió con deseo en la mirada. Bill hizo que volviera a centrarse en la conversación–. Cuídate –dijo ella.

Bajó el tono de voz y ocultó su rostro. Sonriendo, murmuró–: Yo también te echaré de menos.

Shehab se sintió como si hubiera recibido una bofetada.

Y la opinión preconcebida que tenía de ella hizo que volviera a la realidad.

Allí estaba, la mujer que lo había sumido en una amplia variedad de emociones durante las últimas diez horas, sentada ante él, su futuro amado, hablando con su amado actual, mintiéndole, mintiéndolos a los dos sin pestañear.

Farah cerró el teléfono y miró a Shehab con entusiasmo, como si fuera una niña pequeña que acababa de hacer algo malo por primera vez en su vida.

Él trató de borrar la agresividad de su mirada y mostrar el deseo que sentía independientemente de la opinión que tuviera de ella. Abrió los brazos con una sonrisa y ella se levantó y se dirigió hacia él. Había una cosa que no era fingida.

No podía esperar para estar con él.

Pero él la haría esperar. Y cuando llegara el momento, terminaría la espera. Se saciaría con ella y, después, cuando ya hubiera cumplido su propósito, aunque continuaran con la farsa del matrimonio, la dejaría. Y no se sentiría mal por hacerlo.

Farah merecía todo lo que él le hiciera.

Shehab le estaba haciendo cosas que ella no conocía.

Durante el vuelo, le había demostrado que no había límite para las sensaciones que podía hacerle experimentar.

Estaba examinándole la mano mientras hablaban. Recorriendo sus dedos uno a uno, la forma de sus huesos, las líneas de sus manos. Ella se recostó, envuelta en el vestido blanco de algodón que pertenecía a la hermana de Shehab, empapada por el frío sudor de la estimulación, atormentada, hipersensible y suplicando para que él nunca dejara de prestarle atención.

De pronto, ella interrumpió su relato acerca de Damhoor.

–No sabía que las manos pudieran ser una zona erógena…

Se mordisqueó el labio inferior y suspiró. Llevaban horas hablando sin parar, excepto durante la media hora que ella se había marchado para ducharse y cambiarse de ropa, y el tiempo que él se había ausentado para hacer lo mismo y ocuparse de otros detalles. A esas alturas, ella ya se había dado cuenta de que no era capaz de filtrar los comentarios inapropiados que se le pasaban por la cabeza, y él continuaba asegurándole que le encantaban.

La sonrisa de Shehab le cortaba la respiración. Confiaba en él, y quería que Shehab sintiera por ella lo mismo.

–Yo no tenía ni idea de que sujetarte las manos podría despertar las zonas erógenas de mi cuerpo y de mi cerebro –llevó la palma de Farah hacia su boca y le acarició la línea de vida con la lengua, provocando que se estremeciera–. Y por cierto, hemos llegado.

Ella se volvió para mirar por la ventanilla. Estaban descendiendo, aproximándose a su isla. Tenía la forma de un riñón, y su orilla cóncava albergaba agua de color esmeralda y playas de arena brillante.

–Es una isla de verdad.

–Eso era a lo que me refería cuando te dije que era una isla. Ya sabes, un pedazo de tierra rodeado de agua.

–Sé poco de geografía, pero no tan poco. Pensaba que sería uno de esos pedazos de tierra que se anuncian en Internet como islas privadas. Pero esto es… ¡Guau! ¿Cómo es de grande?

Farah no sabía por qué, pero deslizó la mirada por el cuerpo de Shehab y posó la vista sobre el bulto que había en sus pantalones. Al levantar la vista, vio que él la estaba mirando.

–¿Cómo crees que es de grande?

–Grande –y al sonrojarse, no dejó duda de a qué se refería su adjetivo.

Él decidió compadecerse de ella y fingió que no estaban hablando de sus atributos.

–Tiene unas ciento cincuenta millas cuadradas.

–¡Es más que el tamaño de las Maldivas!

–Entonces no eres tan ignorante en geografía.

–Lo sé porque Bill amplió hace poco sus negocios en aquellas islas.

Shehab seguía sonriendo, pero parecía que su imagen se hubiera congelado. Ella se estremeció al verlo.

Había sucedido lo mismo cada vez que ella había mencionado a Bill. ¿Habría oído que Bill tenía una joven amante y sospechaba que era ella? Farah moriría si fuera así.

Pero él no era el tipo de hombre que dejaría un dato así sin verificar. Y tampoco se acercaría a la mujer de otro hombre, amante, o lo que fuera.

No. No podía saberlo. Y ella preferiría saltar del avión sin paracaídas antes que explicar cómo había comenzando aquella locura. Una locura que pretendía terminar en cuanto volviera a ver a Bill.

Entonces, ¿por qué se paralizaba cada vez que ella lo mencionaba?

Se volvió para no sostener su mirada y, al ver cómo se aproximaban a la tierra, dijo:

–¡Vamos a aterrizar aquí!

Él arqueó las cejas.

–¿Te importaría explicarle ese comentario a este pobre hombre? No pensabas que fuéramos a aterrizar aquí, ¿no es eso?

–Así es. Me había imaginado una isla pequeña y supuse que aterrizaríamos en un reino vecino para ir hasta allí en una avioneta, un helicóptero o un yate.

Tocaron tierra mientras ella hablaba. El aterrizaje fue tan delicado que Farah empezó a aplaudir.

Él se rió.

–Los pilotos no pueden oírte, pero me aseguraré de comunicarles tu felicitación.

–Oh, sí, por favor.

Él se puso en pie y sonrió.

–¿Vamos?

Farah se levantó y él la rodeó con el brazo.

–Tendré que engrasarme las articulaciones después de estar tanto tiempo sentada.

Shehab le pellizcó la mejilla.

–La próxima vez, sigue mi consejo. Si al menos te hubieras tumbado en uno de los dormitorios, ahora no te dolería todo. Pero no temas. Aquí tendrás bien engrasadas las articulaciones. No pasarás mucho tiempo sentada mientras esté por aquí.

Juntos bajaron la escalera del avión hasta el asfalto. Al ver a Shehab bajo la luz del sol, Farah se quedó boquiabierta. Shehab era… No había adjetivo que pudiera describirlo.

La barba incipiente hacía que aumentara su atractivo. Tenía la piel perfecta y bronceada. Antes de que pudiera preguntarse cómo alguien así podía sentirse tan atraído por ella, él la guió hasta un enorme helicóptero.

Momentos después, estaba sentada en el asiento del pasajero con el cinturón abrochado. Shehab pilotaba y acababan de despegar.

–Sabes volar –dijo ella.

–No. No creas.

Ella le pellizco el brazo y él soltó una carcajada.

–¿Me enseñarás a llevar esta belleza? Siempre he deseado aprender a pilotar algo, pero ni siquiera he tenido la oportunidad de volar una cometa.

–Te enseñaré a volar, *ya jameelati* –la miró con una promesa–. Y de todas las maneras.

Sin más, la dejó con el corazón acelerado y se concentró en pilotar mientras hablaba por la radio.

Diez minutos más tarde aterrizaban junto a una mansión. Él la ayudó a bajar y nada más tocar el suelo, Farah sintió que le flaqueaban las piernas.

Shehab la tomó en brazos.

–¿Hace demasiado calor para ti?

Ella apoyó la cabeza en su hombro.

–Ahora sí.

Él se rió y la llevó hasta la mansión que parecía desierta.

–Pero antes de que me dejes en el suelo, lo que me ha afectado ha sido la pureza del aire. Me siento como un pez fuera del agua.

Él se rió de nuevo.

–Una sirena, no un pez. Pero yo me ocuparé de ti. Tanta belleza sólo merece lo mejor que puede ofrecerle la tierra.

Sorprendida por sus halagos, Farah quedó en silencio. Se abrazó a él y permitió que la llevara hasta el interior de la mansión.

Estaba construida con bloques de arenisca y combinaba la crudeza del hábitat natural con la riqueza cultural de la zona. El diseño del edificio tenía influencia de diferentes partes de Arabia y Asia. Igual que su dueño, la mansión era una mezcla de lo mejor de diferentes mundos. Y como él, su efecto era sobrecogedor.

En cuanto Shehab subió los escalones que llevaban al patio de columnas, aparecieron los lacayos y se apresuraron a abrir la pesada puerta de roble.

Nerviosa por el hecho de que la vieran en brazos de Shehab, Farah trató de liberarse. Pero él la sujetó con más fuerza y la besó en la sien.

–Estás agotada, *ya jameelati*. Deja que te cuide.

Tenía razón. Estaba agotada. Habían pasado unas cuantas horas desde que se habían conocido, pero parecían días. Semanas. Y en menos de diez horas, ella había tomado una decisión que cambiaría su vida para siempre.

Al entrar en la mansión, se fijó en la fuente que había en el recibidor. Shehab subió por unas escaleras de mármol que se bifurcaban en la parte superior y se dirigió hacia una enorme habitación. Tenía los techos muy altos, las paredes blancas y grandes ventanales con cortinas de color tierra que hacían que el ambiente de la habitación fuera cálido e íntimo.

La cama era muy grande, con sábanas blancas y una colcha a juego con las cortinas. Shehab retiró la colcha y tumbó a Farah sobre la cama.

Ella gimió cuando Shehab se acostó sobre ella, mostrándole su deseo, pero provocando que se sintiera apreciada también. Era mágico. Mejor de lo que nunca había imaginado jamás. Era su pareja. Ésa que creía que encontraría antes de que la vida le quitara toda esperanza. Lo deseaba. En ese mismo instante.

Él se separó una pizca.

—Despacio… Dije que iríamos despacio.

—Pero no necesito ir despacio. Te necesito a ti…

—*La, ya ghawyeti* –le agarró las manos, se las besó y se las colocó sobre el corazón–. Estás alterada, y no es así como quiero que te encuentres durante nuestra primera vez. Tiene que ser maravilloso. Inolvidable. Así que, nos tomaremos nuestro tiempo. Tal y como dije que haríamos. Siempre cumplo mis promesas –la cubrió con la sábana y se acercó a las ventanas para echar las cortinas. Regresó junto a la cama, se agachó y la besó en la boca con tanta ternura que Farah no pudo evitar que se le llenaran los ojos de lágrimas.

—Duérmete, *ya hayati*. Y sueña conmigo.

Capítulo Seis

Los sueños nunca habían sido así.

Los sueños solían ser sosos y absurdos, sin embargo, aquéllos habían sido vivos y llenos de emociones.

–Es increíble que me devores mientras duermes, *ya gummari*, pero preferiría que lo hicieras despierta.

Asustada, Farah abrió los ojos y descubrió que no estaba soñando.

–Shehab…

Al ver su sonrisa pensó que podía derretirse allí mismo.

Él le acarició la nariz con un mechón de pelo.

–¿Estás despierta o es que estás hablando en sueños otra vez?

–Me encanta cuando bromeas… Oh –saltó sobre él y se apresuró a ponerse en pie. Él se asustó e hizo lo mismo–. Voy al baño –dijo ella.

Shehab señaló la puerta que estaba en un extremo de la habitación y ella se dirigió hacia allí.

Después de solventar la emergencia, ella agradeció la oportunidad de refrescarse. Nunca se había despertado con otra persona y, cuando salió del baño, se alegró de que a pesar de las arrugas y de que tuviera el rostro hinchado por el sueño, él la mirara como si estuviera hambriento y ella fuera un delicioso manjar.

Se acercó a él, sintiéndose incrédula e insegura.

Estaba en la otra parte del mundo. En su isla. Y él estaba esperando a que se acostara a su lado en la cama. ¿Estaba sucediendo de verdad?

Ella se tambaleó y miró a su alrededor desconcertada. Shehab había abierto las cortinas y la luz entraba en la habitación. ¿Cuántas horas había dormido? No muchas, puesto que el ocaso era sobre las siete de la tarde y se había dormido en cuanto él había salido de la habitación.

Se subió a la cama y se acurrucó junto a Shehab.

–Sí que tenías una emergencia –dijo él.

–Sí. Y ahora que lo pienso… ¿Tú no tienes que ir a trabajar y a ocuparte de los problemas?

–Ya lo he hecho. Volé esta mañana, y he estado seis horas de reuniones.

–¿Qué quieres decir con seis horas? ¿Cómo has podido…? –entonces, lo comprendió–. Cielos, ¿cuánto tiempo he dormido?

Shehab miró el reloj.

–Teniendo en cuenta que llevas despierta quince minutos y treinta y dos segundos, has dormido veintiséis horas, tres minutos y cuarenta y tres segundos…

Ella lo besó y dijo:

–Todo es culpa tuya. Nunca duermo más de seis horas.

–Me declaro culpable. Te he sacado de tu país y te he mantenido levantada más de un día. Debería haber insistido en que durmieras un poco.

–No me habría dormido mientras tú estuvieras despierto. Pero tú no te has quedado fuera de combate a pesar de estar despierto tanto tiempo como yo. Incluso has sido capaz de trabajar todo el día.

Él le acarició el cabello.

–Duermo poco por naturaleza. Pero contigo cerca, el insomnio entrará en una nueva dimensión –posó la mirada sobre sus labios y la besó–. ¿Qué tal si montamos?

Cientos de imágenes invadieron la cabeza de Farah. Piel desnuda, humedecida por el agotamiento, cuerpos excitados, manos sobre la cintura, movimientos de arriba abajo…

–¿Eh?

Shehab sabía lo que ella se había imaginado y el tono de su voz indicaba que también estaba afectado.

–¿Sabes montar a caballo?

–No he vuelto a hacerlo desde que me hice la cicatriz. Fue la gota que colmó el vaso. Mi madre se enfadó e insistió en que mi padre no volviera a llevarme al rancho nunca más.

–La gota que colmó el vaso, ¿eh? Así que les dabas muchos problemas. Pero no te preocupes. Te daré mi yegua más dócil –la besó en la nariz–. Pero primero, comeremos algo. Debes de estar hambrienta.

Y lo estaba. Hambrienta de él. ¿Y él no la deseaba? Ella pensaba que había retrasado el momento de hacerle el amor porque estaba agotada. Pero ya se había repuesto. ¿Entonces, por qué no…?

Shehab la atrajo hacia sí y ocultó el rostro contra su cuello mientras la acomodaba en su entrepierna para demostrarle el fuerte deseo que sentía por ella. Él gimió cuando notó que ella presionaba el centro de su feminidad contra su miembro erecto, tratando de calmar el deseo que la invadía. Shehab la sujetó por el trasero y la presionó contra él, deteniéndola para que no siguiera moviéndose y ambos se volvieran locos.

–Pasaremos el resto del día recorriendo la isla. Lo que no podamos ver hoy, lo veremos los próximos días. Tenemos todo el tiempo del mundo.

Él había vuelto a leerle la mente y ésa era su respuesta. Le había demostrado que también la deseaba con la evidencia de su cuerpo. Pero sus palabras eran igual de evidentes.

Le había dicho que irían despacio, y eso harían.

De pronto, ella se asustó.

Se había dejado llevar por las primeras caricias de Shehab y había aceptado acompañarlo sin más expectativa que la de saciar el inconmensurable deseo que sentía por él. Estaba asombrada de que pudiera provocar el mismo deseo en él y no tenía esperanzas de que la aventura durara más de lo que él tardara en continuar adelante con su vida.

Sin embargo, Shehab le estaba ofreciendo lo que nunca había soñado que le ofrecería un hombre: tiempo. Y no sólo tiempo para seducirla, sino tiempo para saborearla, a ella, no a su cuerpo. Tal y como le había prometido y como ella no había comprendido, ni creído. Pero ya lo hacía.

Y sabía lo que el tiempo provocaría.

No estaría satisfecha con la pureza de una relación física y pasajera. Si llegaba a conocer al hombre que había en el interior de aquel cuerpo masculino, empezaría a pensar que podían tener algo más. Y ella nunca se recuperaría de ese sufrimiento.

Quería suplicarle que no agravara la adicción que sentía por él, que no la encaminara a la frustración. A la devastación. Pero por una vez, evitó confesarle sus sentimientos, su vulnerabilidad. No tenía derecho a cargarle con miedos y debilidades, a exi-

80

girle que modificara su comportamiento. Pero ella sí podía cambiar el suyo. Si estuviera cuerda, le habría expuesto sus normas y se habría marchado si él no las hubiera respetado. Pero había perdido la cabeza…

Quizá pudiera intentar que él cambiara.

Se deslizó sobre su cuerpo, restregándose sobre su miembro erecto. Lo besó en el cuello y le mordisqueó el labio inferior.

–Mañana exploraremos la isla. Hoy sólo quiero explorarte a ti…

–Me explorarás –dijo él–. Y yo te exploraré a ti. Te haré todo tipo de cosas.

Él se incorporó y la giró colocándola bajo su cuerpo. Farah se sintió aliviada y decepcionada a la vez. Ya no tendría que esperar más.

Pero Shehab se levantó de la cama, la tomó en brazos y la llevó hasta un amplio vestidor que estaba al otro lado de la habitación.

La dejó sobre un sofá y se acercó a los armarios que cubrían las paredes. Abrió una puerta corredera y sacó varias prendas de ropa que parecían réplicas de las suyas.

Se arrodilló frente a ella, sujetó sus pies y le quitó las sandalias. Después, como en el jardín, presionó uno de sus pies contra su pecho y lo besó.

Ella se estremeció.

–Nunca he esperado para satisfacer mis deseos, *ya galbi* –la acarició con la lengua. El arco del pie, la pantorrilla, el interior de los muslos. Cuando se retiró, ella estaba temblando. Dejó la ropa sobre su regazo y añadió–: Pero puedo esperar cuando se trata de ti. Puedo esperar hasta que todo sea perfecto.

***

«Perfecto».

Farah contempló la talla de estilo bizantino que colgaba en la entrada de los establos de Shehab.

Una hora después de lo que había sucedido en la habitación, después de una buena comida y una buena ducha, todavía estaba excitada. Shehab se había ido para ocuparse de algunos detalles y le había insistido en que fuera a los establos para refugiarse del calor.

El sol calentaba con fuerza y Shehab se había asegurado de que Farah estuviera bien protegida. Ropa amplia y fresca, mucha hidratación y crema protectora. Ella no estaba acostumbrada a ese clima y tenía que hacerlo de forma gradual.

Farah se quitó las gafas de sol y vio que, en el pasillo, había una yegua gris preparada para montar. El animal la miraba fijamente, como sorprendida. De pronto, comenzó a trotar hacia ella, con las orejas erguidas y resoplando...

—Ablah.

La yegua se detuvo de golpe al oír la orden de Shehab. Farah se volvió para mirarlo.

—Espero que ésta no sea tu yegua más dócil.

—Lo es —se mordió el labio inferior—. Me gusta que mis caballos sean briosos.

—Sí, y parece que los entrenas como perros guardianes.

—No está acostumbrada a los extraños. Probablemente le des miedo.

—No parecía asustada, y ya no estoy segura de querer recordar mi corta experiencia en equitación.

–Ablah… *ta'ee hena* –Ablah se acercó a él y le olisqueó el hombro. Él sujetó la cabeza del animal y le susurró unas palabras en árabe. Ablah se movió y lo miró como avergonzada.

Farah estaba asombrada.

–¿Qué le has dicho?

–Que estoy disgustado con ella porque no ha sido amable contigo, que tú eres la mujer que deseo.

–¿Y se supone que así va a ser más amable conmigo? Estoy segura de que por eso no lo ha sido. Está celosa.

Shehab soltó una risita.

–Es un caballo, Farah.

–Es una yegua, Shehab. Estoy segura de que tienes mujeres de todas las especies desvaneciéndose por ti en un radio de cien kilómetros.

–Pues no me gustaría que me olisquearan las ratas y las gambas de alrededor, pero lo tomaré como un cumplido –al ver que ella le sacaba la lengua, le pellizcó la mejilla y sonrió–. Te aseguro que Ablah no intentará retirarte de la competición. Pero si no te sientes cómoda con ella, la montaré yo. Tú puedes montar a Barq –acarició el cuello del caballo que acababa de llevarle un mozo de cuadra–. Le has gustado.

Farah miró a Barq. Un semental negro que parecía mucho más dócil que Ablah y que la miraba con interés.

–No, creo que con Ablah me llevaré bien. Estoy segura de que podremos llegar a un acuerdo.

–Así es *jameelati*, siempre haciendo lo inesperado –dijo él con una sonrisa.

–Sí, esperemos que no haga lo inesperado y me pase las vacaciones en el hospital. ¿Qué significa Ablah?

–Significa «perfectamente formada». Y Barq significa «rayo».

Farah miró a la yegua y comentó:

–Ella lo sabe. Y Barq tiene un nombre muy descriptivo. Creo que he hecho bien al elegir a Ablah.

Shehab la abrazó y le sujetó el rostro para que lo mirara.

–¿No sabes que no te propondría montar a caballo si no estuviera seguro de que no te iba a pasar nada?

Farah asintió y sonrió mostrándole su confianza. Él se agachó una pizca y le indicó que subiera una pierna.

–Súbete.

Farah metió un pie en el estribo, agarró las riendas y permitió que él la ayudara a montar.

Ablah resopló al sentir el peso sobre su espalda.

–*Et'addebi* –susurró Shehab.

–¿Qué le has dicho?

–Que se comporte –contestó él antes de montar sobre Barq. Agarró las riendas del caballo, dio una palmadita sobre el lomo de Ablah y los dos animales comenzaron a andar.

Al principio, Shehab permaneció junto a Farah dándole algunas instrucciones y animándola para que ganara confianza. Enseguida, Farah comenzó a moverse al ritmo de la yegua y Shehab tuvo que reconocer que aquello era un milagro. Estaba allí, enseñándole la isla en lugar de en la cama, poseyéndola. La había llevado a montar en lugar de permitir que ella lo montara a él. A pesar de que Farah estaba dispuesta a hacerlo.

La única explicación que encontraba para el hecho de haber sido capaz de decirle que no era que aquella tortura tenía doble cara. Prolongando la seducción, él prolongaba su excitación.

–Eres jinete por naturaleza, *ya saherati*.

–Es Ablah la que es una yegua estupenda. Tenías razón. Se mueve tan bien que consigue que vaya al mismo ritmo que ella.

A partir de entonces, continuaron intercambiando miradas y sonrisas mientras hablaban.

Se detuvieron cuando llegaron a la parte más alta de la isla, desde la que se veían ambos lados. Shehab ayudó a Farah a bajar de la yegua y ambos se refugiaron bajo la sombra de la lona que él había montado.

Se sentó en el suelo y Farah se acomodó junto a él, de forma que sus pechos presionaban contra su cuerpo y la entrepierna contra su miembro erecto. Él la besó e introdujo la lengua en su boca, contemplando sus ojos de color esmeralda, igual que las aguas cristalinas de su isla.

–En ese lado de la isla el agua cubre por la rodilla durante unas dos millas. En el otro, se hace profunda de golpe –ladeó la cabeza y le preguntó–: ¿Sabes nadar?

–No he nadado desde hace diez años, pero era como un pez cuando mi padre vivía… –se calló y se mordió el labio.

Cada vez que mencionaba al hombre con el que había vivido pensando que era su verdadero padre, le cambiaba el humor.

Shehab la estrechó con fuerza y le acarició un pecho.

–Así que eres una sirena de verdad. Lo sabía –consiguió distraerla con sus caricias–. Es otra maravilla, *ya arusat bahri*, mi sirena. De día, te llevaré a la parte honda, y te mostraré los arrecifes de coral. De noche, nos bañaremos bajo la luz de la luna en la parte que no cubre.

Ella se estremeció al imaginar sus palabras. Shehab sacó algo de beber de la cesta que llevaba preparada. Le acercó un vaso a los labios y ella dio un sorbo.

–Mmm… ¿Qué es esto?

–El famoso café arábigo. Una mezcla de granos y cardamomo. Para apreciarlo mejor se come esto a la vez…

Ella probó el dátil que él le ofrecía y gimió de placer al sentir su dulzor. Después de que Farah se bebiera tres tazas y comiera medio paquete de dátiles, él le acarició los labios provocando que ella le lamiera los dedos. Cada vez que lo hacía, él se excitaba aún más, imaginando sus caricias sobre su miembro. Retiró los dedos y sujetó a Farah con las piernas para que se detuviera.

–Compórtate.

Al ver que ella lo miraba desconcertada, añadió:

–Si lo haces, te llevaré a ver la explosión de flores que ha habido después de la lluvia de hace un par de semanas, antes de que se seque el manto de hierba a causa del sol. Puede que pillemos comiendo a algunos de los habitantes de la isla, conejos, gacelas…

–¿Gacelas? ¿Hay gacelas aquí?

Él asintió.

–Más de trescientas se mueven en libertad.

Ella se puso en pie.

–Levántate. Vamos a verlas –se puso seria–. Oh, no tengo mi cámara. Ni siquiera el teléfono. Bueno, aunque lo más probable es que salgan corriendo cuando nos acerquemos.

Él sacó su teléfono.

–Saca las fotos que quieras. Y no, no saldrán corriendo. Están acostumbradas a mi presencia y a la de los caballos. Incluso puedes darles de comer, si quieres.

–¿Si quiero? Si una gacela come de mi mano, ¡moriré contenta!

–Aplica esa frase a la vida y vive feliz. Me aseguraré de que les des de comer, hoy, en su hábitat natural. Después, llevaré un par a la mansión para que les des de comer todos los días.

Ella se puso a saltar de emoción y lo abrazó.

–Gracias, gracias por darme esto –se retiró y abrió los brazos–. Y todo esto.

Él la miró con una amplia sonrisa.

–Todavía no he hecho nada, *ya galbi*. Quiero darte el mundo entero.

–Oh, Shehab, es maravilloso que digas eso, pero ¿qué haré con el mundo entero? Prefiero las gacelas para darles de comer –se volvió y se dirigió hacia Ablah.

Él había decidido que no la complacería. No darle todo lo que quería cuando lo pedía era la única manera de evitar que Farah ganara la batalla que ni siquiera sabía que estaban librando.

Entonces, ella se volvió hacia él, como una fantasía sacada de una de las mejores fábulas, y él cedió.

–Moviéndose con elegancia la raya negra se desplazó por el agua como un ave…

Las palabras de Shehab acariciaban la nuca de Farah mientras él la ayudaba a ponerse el traje de neopreno. Ella suspiró, degustando la presencia de Shehab, el movimiento del yate, el sol de la mañana y la pureza del aire. Todo ello se fusionaba en el nuevo mundo al que él la había llevado. Shehab no paraba de contarle historias que habían sucedido antes de las dos semanas gloriosas que ella había compartido con él. Dos semanas que habían borrado toda una vida en la ciudad.

Hipnotizada, escuchaba atentamente cada palabra de su última historia.

—Estaba bastante cerca y podría haberme metido en su boca cuando la abría para tomar plancton —la volvió y le abrochó la cremallera del traje—. Después, se detuvo frente a mí, y tras mirarme con sus enormes ojos, se alejó moviendo sus alas con elegancia. Yo tenía nueve años y era la primera vez que buceaba en los arrecifes de coral. Conocer a ese amable monstruo hizo que deseara descubrir más acerca del mundo submarino, pero tardé casi dos décadas en realizar mi sueño de la infancia, cuando me compré este lugar.

—Es un lugar magnífico. Soy una privilegiada por que quieras compartirlo conmigo.

Aquello era maravilloso. El hombre de sus sueños se desvivía por ella a medida que aumentaba el deseo. La última vez que él se había retirado del borde del abismo, ella había llorado, y la angustia de Shehab se había hecho manifiesta.

Pero pronto, él no se retiraría, y ella sería suya. Ya lo era. Y siempre lo sería. No importaba cuánto tiempo permaneciera en su vida. Lo amaba y siempre lo amaría. Y su amor siempre formaría parte de su vida, dándole significado.

Y cuando sus caminos se separaran para siempre, ella se alegraría de haber compartido todas esas cosas maravillosas con él. Pero no podía esperar a descubrir la más maravillosa de todas.

Farah le acarició el torso por encima del traje de neopreno.

–¿Qué vas a mostrarme hoy? –él le estaba enseñando a bucear.

–Hoy nos meteremos a más profundidad, si crees que estás preparada.

–Estoy preparada.

Y lo estaba. Preparada para compartir cualquier cosa con él.

Tras ponerse el equipo se sumergieron en el agua. Cada vez que veían un banco de peces, se emocionaba. Él la guió hasta un enorme banco de peces de colores y nadaron junto a él durante un buen rato. Shehab aleteó hacia los peces y éstos se reunieron formando una bola gigante. Cuando él los tocó, la bola explotó en miles de colores, como si fueran fuegos artificiales. Farah aplaudió y él hizo un gesto parecido a una reverencia. Después, se acercó a ella y entrelazaron sus piernas, restregando sus cuerpos en el agua. Farah no podía soportarlo más. Ese mismo día le suplicaría que pusiera fin a tanta espera.

De pronto, ella vio un pez león rojo, amarillo y negro flotando detrás de ellos. Tenía las aletas separadas y sabía que era venenoso.

Al ver que el pez se acercaba a la espalda de Shehab, arqueando el lomo como una serpiente, el pánico se apoderó de ella. Se colocó sobre él y ocupó su sitio. Al instante, notó un fuerte dolor en la espalda, como si se hubiera quemado con un hierro incandescente.

Su grito se mezcló con el agua del regulador.

Capítulo Siete

Después de que le picara el pez, Farah se sentía como si estuviera fuera de su cuerpo, observando cómo Shehab la tomaba en brazos y la llevaba hasta la superficie para subirla al barco.

Una vez allí, él se quitó el equipo de buceo. Después, retiró el equipo de Farah, le quitó el traje, dejándola en bañador, y la tumbó de lado para ver la herida. Al verla, respiró hondo, buscó un walkie talkie y habló en árabe.

Después, tomó a Farah en brazos y la llevó a la parte superior de la cubierta, colocándola de lado en un sofá. Sacó el botiquín y extendió una crema sobre su herida. Ella gimió y se puso tensa al notar una sensación fría sobre la piel caliente. Shehab la acarició para tranquilizarla. Cuando se le pasó el espasmo, ella notaba la zona adormecida. Pestañeó para tratar de enfocar la imagen de Shehab y dijo:

–Gracias.

–¿Gracias? *Ya Ullah*, ¿por qué lo has hecho? Te dije que nunca te acerques a algo que no conoces, que puedes mirar pero no tocar. Estuviste a punto de atacar a ese pez y su espina atravesó tu traje. Podía haber sido mucho peor, un pez piedra… –se calló apretando los puños.

–Lo siento… Sabía que era venenoso y te iba a picar…

Él se quedó completamente inmóvil. Su rostro era inexpresivo. Y a ella le retumbaban los oídos.

Entonces, Shehab la tomó en brazos otra vez y la llevó a cubierta, desde donde ella descubrió que el ruido que oía era un helicóptero que estaba amerizando. Al instante, estaba en el interior del aparato, tumbada en una camilla. Shehab se quitó el traje de neopreno y se arrodilló a su lado.

Cuando aterrizaron, él la llevó en brazos hasta la mansión y sus sirvientes los acompañaron abriéndoles las puertas de la casa. Esa vez, Shehab tomó un camino diferente y la llevó a un lugar en el que ella nunca había estado.

La sensación de estar en un sueño se apoderó de ella mientras él la llevaba por lo que parecía un pasillo interminable. Al llegar a un dormitorio, Farah pensó que debían de ser los aposentos de Shehab. Se fijó en la cama, una cama que deseaba compartir con él. Pero quizá nunca pudiera hacerlo…

La habitación se comunicaba con otras dos salas. Shehab la llevó a la de la derecha. En ella había una piscina rectangular, alicatada con baldosines de color negro y beige. Él la dejó sobre un asiento de piedra y se acercó a la pared para accionar unos botones. Después, regresó a su lado y la tomó en brazos para meterla en la piscina. Ella abrió los ojos, confusa y medio adormilada. Entonces, gritó. El agua estaba hirviendo.

Él la retuvo, sujetándola contra su pecho y aprisionándola con las piernas.

–Shh… *ya galbi*, hay que hacerlo.

–¿Tengo que hervir? –se revolvió entre sus brazos, incapaz de aguantar la temperatura del agua–. Y tú también te estás escaldando.

–Sé que es muy desagradable, pero hay que hacerlo por la picadura.

Ella apoyó la cabeza sobre su torso, sintiéndose como si su fuerza vital escapara por los poros de su piel.

–Ya no me duele.

–Es por el efecto de la anestesia local, pero no sirve para detener el veneno. Sólo se puede detener con calor.

–Entonces, ¿no voy a morir?

–*Ya Ullah*, ¿creías que el veneno era mortal?

Ella asintió y él la abrazó con fuerza, ocultando el rostro contra su cuello.

–El único veneno que tiene consecuencias fatales es el de la picadura del pez piedra. Lo peor de la del pez león es el dolor. Yo intenté agarrar uno cuando tenía once años, así que sé perfectamente lo que has sentido. Y si no se neutraliza el veneno con calor, se extiende por las venas y provoca vómitos, hasta que uno pierde la consciencia a causa de la hipotensión.

–Empezaba a sentirme mareada... pensaba que era un síntoma de...

Shehab le sujetó el rostro y la besó. Cuando se separó de ella, la sacó del agua.

–Ya basta. Si te dejo más rato te desmayarás a causa del calor.

Ella se estremeció al sentir el aire fresco sobre su piel. Shehab la llevó hasta la sala del medio, donde había una plataforma de mármol blanco bajo el centro de una bóveda.

La dejó sobre la plataforma con delicadeza y le preguntó:

–¿Cómo te encuentras, *ya galbi?*

Ella tragó saliva.

–Estoy sedienta.

Él pronunció un improperio en árabe y se dirigió a su dormitorio. Al momento, apareció con dos botellas y dos vasos y sirvió el contenido en ellos. Acercó el primer vaso a los labios de Farah y la besó en la sien.

–Bebe, *ya galbi*.

Ella obedeció y notó que con cada trago de agua se sentía mejor.

Después del segundo vaso de agua, él le ofreció la otra bebida. Farah la probó y apreció su mezcla de sabores ácidos.

Enseguida preguntó:

–¿Qué es esto?

–Es un cóctel especial que uso para después de los grandes esfuerzos. Tiene hibisco, algarrobo, caña de azúcar, granada y otras frutas del desierto.

–Es asombroso. Un elixir –se terminó el segundo vaso–. Me siento como si hubiera recuperado todo lo que he perdido sudando. Además, ya noto mi espalda, así que debe de haberse pasado el efecto del anestésico. Y ya que no siento dolor y creo que ya puedo pensar con normalidad, parece que ha servido de algo que me escaldaras –le acarició la mejilla–. Ahora estoy bien. Me has salvado.

Shehab la besó en la palma de la mano.

–Sólo porque tú me salvaste.

–Pero no fue así. Resulta que realmente no había peligro.

–Lo había. Quizá no fuera mortal, pero el dolor puede inmovilizarte y el veneno, desorientarte. Y puesto que no sabías cuál era el peligro que corrías, que arriesgaras tu vida por mí…

Al ver agonía en su mirada, Farah sintió una fuerte presión en el pecho. No quería que él se sintiera mal por lo que había sucedido.

Le sujetó el rostro con las manos y dijo:

—Tú habrías hecho lo mismo por mí. Y era mejor que me pasara a mí. Yo no habría podido sacarte del agua. Al parecer, a pesar del pánico, tomé la decisión adecuada.

Él apretó los dientes.

—Y no volverás a hacer nada parecido. Prométemelo. Nunca volverás a hacer algo así. Prométemelo ahora. Nunca volverás a ponerte en peligro. Por nada ni nadie.

—Nunca hago promesas. Mi padre me enseñó a no hacerlas. Además, está bien todo lo que acaba bien, ¿no? Quizá haya estropeado nuestra inmersión, pero piénsalo de este modo: te he proporcionado una nueva aventura en la isla. Y ahora, ¿qué tal si nos concentramos en las cosas importantes? Por ejemplo, en el hecho de que tengas tu propio baño turco. Esto es una sauna, ¿no es así?

—Sí, es un *hararet*. Una palabra turca que proviene de la palabra árabe *hararah*, o calor. ¿Tratas de distraerme?

Ella sonrió.

—¿Y está funcionando?

—Sólo necesitas respirar, o existir, para distraerme. ¿No te has dado cuenta?

—Lo único que sé es que cuando estaba desorientada sólo podía pensar en que a pesar de que cada momento que hemos pasado juntos ha sido lo mejor que me ha pasado en la vida, me siento incompleta porque no has… porque no hemos… y ahora es demasiado tarde.

***

Las palabras de Farah alcanzaron a Shehab como si fueran metralla, derribando la barrera que él había erigido para no pensar hasta que ella estuviera a salvo.

De pronto, se percató de la importancia de lo que ella había hecho.

Farah se había interpuesto entre él y un grave peligro.

Él nunca había imaginado que nadie pudiera hacer un sacrificio tal, a excepción de sus hermanos, Faruq y Kamal, o sus guardaespaldas, que se ganaban la vida utilizando sus cuerpos como escudos. Y el hecho de que Farah ofreciera su vida por él, quedaba más allá de su comprensión. Y de su resistencia.

Él la había llevado allí para seducirla. Había luchado en cada momento para recordarse que ella era un medio para conseguir un fin. Había tratado de convencerse de que, por mucho que la deseara, y aunque se casara con ella, nunca tendría una implicación emocional.

Sin embargo, después de lo que había sucedido ese día, y de qué ella le contara que cuando pensaba que iba a morir únicamente se arrepentía de no haber hecho el amor con él, Shehab notó que no podría mantener el control durante mucho más tiempo.

La agarró de las manos y la atrajo hacia sí, besándola y deslizando sus labios hasta su escote. Ella le sujetó la cabeza y lo detuvo.

–Si vas a detenerte, hazlo ahora, por favor.

Él se liberó de sus manos con cuidado y le mordisqueó los senos mirándola a los ojos.

–Me he detenido otras veces sólo porque temía que si hacíamos el amor tan pronto, nos cegáramos y no pudiéramos disfrutar de los placeres que quedarían por descubrir. Pero no puedo soportar que te sintieras así por la contención que yo me había impuesto, pensando que con ella aumentaríamos la anticipación…

Ella se incorporó sobre un codo y le rodeó el cuello con el otro brazo.

–Y ha sido glorioso, Shehab, glorioso. Me has dado muchas cosas, y todas ellas insustituibles. Experiencias que nunca pensé que podría tener. Pero me puse ansiosa pensando cuánto podría disfrutar si…

Shehab le retiró la mano de detrás del cuello y la tumbó de nuevo en la plataforma. Se inclinó sobre ella y posó su mirada sobre su rostro y sus senos.

–Y tenías razón. Será mucho más de lo que ninguno de los dos había imaginado posible. Te adoraré, convertiré tu cuerpo en un instrumento de éxtasis, el tuyo y el mío. Eres mía, igual que yo soy tuyo, ¿no es así?

–Así es. Soy tuya, Shehab.

–Sí, Farah, eres mía, y haré todo por ti, contigo… –despacio, le retiró los tirantes del bañador y le acarició la piel con la lengua, mordisqueándola y provocando que gimiera al sentir una mezcla de tormento y placer.

Cada vez sentía una presión mayor en la entrepierna. Temía que, cuando la penetrara, se derramara en su interior como si fuera una presa desbordada. Y no podía permitir que su primer encuentro íntimo no fuera perfecto.

Unos momentos después le retiró el bañador por completo. Luego, dio un paso atrás y la miró con el corazón acelerado.

Anteriormente, él había visto casi todo su cuerpo. Sus senos, la primera noche, y el resto en un bañador entero que dejaba poco lugar a la imaginación. O eso había pensado. Porque la mujer que tenía delante era mucho más de lo que había imaginado. Era perfecta. Era su mujer. Y ella moría de deseo por él, igual que él moría de deseo por ella.

–*Enti ar'oa memma kont atasawar...* –le dijo, consciente de la verdad de sus palabras–. Eres más increíble de lo que había imaginado. Y lo que había imaginado, Farah...

Ella extendió los brazos hacia él, suplicándole, y Shehab se inclinó para besarle los pechos y mordisquearle los pezones turgentes. Después, se movió más abajo y capturó con la boca el centro de su feminidad.

Ella gritó y se estremeció. Él le acarició el abdomen, y cerró los labios sobre su parte más íntima. El lugar donde se fusionarían sus cuerpos, donde él la invadiría y ella lo capturaría. Y Farah permitía que lo hiciera, que la poseyera. Cerró los ojos y la saboreó a placer.

Cuando ella gimió de nuevo, Shehab introdujo dos dedos entre sus pliegues para abrirla y embriagarse con el aroma de su excitación. Estaba preparada para él. Metió un dedo en el interior de su cuerpo con cuidado y ella se movió como si estuviera tensa y le hubiera hecho daño.

Él le acarició la entrepierna, extendiendo el néctar de su cuerpo antes de colocar el dedo pulgar sobre su clítoris. Nada más tocarlo, ella gimió de placer, pronunciando su nombre y dejándose llevar por un orgasmo instantáneo.

Orgulloso, él la acompañó en sus movimientos, acariciando su interior con los dedos mientras le mordisqueaba los pezones, hasta que sintió que sus músculos se tensaban alrededor de su mano y ella se retorcía otra vez.

–Shehab, por favor… Te necesito.

Como respuesta, él le separó los pliegues de la entrepierna y la lamió despacio. Ella trató de incorporarse en la plataforma.

–Por favor, Shehab, tú…

Él la retuvo apoyando una mano sobre su abdomen.

–He estado hambriento de ti, dame todo lo que tienes.

Ella intentó cerrar las piernas y lo miró suplicante. ¿Era tímida? ¿Cómo podía serlo, si tenía tanta experiencia?

Pero nada de lo que le habían contado importaba. Su instinto le decía que no tenía experiencia alguna, que aquella flor del desierto nunca le había concedido a nadie ese privilegio. Pero iba a dárselo a él, y sería para siempre.

–¿No eres mía?

Ella asintió en silencio.

Shehab metió los brazos bajo sus rodillas y la movió para que apoyara los pies en el borde de la plataforma, con las piernas abiertas. Se retiró un poco hacia atrás para contemplarla y, al verla, se excitó aún más. Apretó los dientes, se arrodilló frente a ella y devoró sus piernas antes de deslizarla hacia delante hasta sujetar sus nalgas con las manos, atrayendo su sexo hacia él. Ella cerró los puños y tensó el cuerpo.

–No seas tímida, *ya hayati*. Siéntate y observa mientras te devoro, hazte dueña de tu secreto. Y prométeme que esta vez me mirarás a los ojos mientras llegas al orgasmo.

Farah asintió y se sentó.

Él separó los pliegues de su piel y gimió al sentir que el deseo se apoderaba por completo de su organismo.

–*Hada ajmal ma ra'ait wa ah'sast.* Es lo más bonito que he visto nunca.

Le acarició el centro de su feminidad con la lengua y se centró en su clítoris, provocando que ella se rindiera con cada caricia y llevándola al borde del clímax. Momentos antes de que sucediera, él empezó a acariciarla más deprisa hasta que notó que ella arqueó el cuerpo y comenzó a convulsionarse. Farah no dejó de mirarlo a los ojos ni un instante. Y aquélla fue la experiencia más erótica, íntima y satisfactoria de la vida de Shehab.

La tumbó de nuevo en la plataforma de mármol y la besó en los labios. Ella tenía la respiración acelerada y volvía a estar excitada. ¿Tan pronto? Si ni siquiera había comenzado a estimularla…

Él se retiró para asegurarse y Farah le agarró el bañador.

–Quiero verte… Por favor, quiero ver tu cuerpo desnudo…

Shehab se quitó el bañador y ella estiró los brazos a modo de súplica.

Él se subió a la plataforma y se colocó sobre ella. Farah separó las piernas y él las colocó sobre su cintura, tal y como había imaginado muchas veces.

Entonces, se percató de que temblaba porque estaba helada.

Después de lo que había sufrido su cuerpo, su sistema termorregulador no funcionaba bien.

Se separó de ella.

—Shehab… —lo llamó Farah.

Él hizo un gesto para tranquilizarla y se dirigió hacia el vestidor para buscar un chal. Regresó a su lado, la cubrió con él y se maravilló al ver cómo la tela de rayas de color rojo y dorado combinaba con su piel sonrojada y su cabello.

La besó en los labios y le dijo:

—No me voy a ningún sitio, *ya galbi*. Volveré dentro de unos segundos.

Farah vio que regresaba y que el vapor de la sala rodeaba su cuerpo viril. Parecía una escultura sacada de otra época, en la que resaltaban su espalda, su torso y su abdomen musculoso. Además, la tela que llevaba en la cintura no disimulaba la forma de su miembro erecto, algo que hizo que aumentara su excitación.

Ella se tumbó en silencio y él se acercó diciendo:

—Permite que te caliente, *ya galbi* —y comenzó a acariciarle las piernas con las manos calientes. Después, la tumbó boca abajo y tiró de la tela para cubrirle las piernas, dejando la parte superior de su cuerpo al descubierto.

—*T'janenni, ya galbi*… me vuelves loco… —le susurró al oído antes de cubrirle la espalda de besos. Ella se estremeció con la increíble sensación, trató de darse la vuelta y de tocarlo. Shehab la mantuvo en el sitio colocando una mano sobre su espalda, antes de continuar masajeándosela. Al final, comenzó a masajearle las nalgas y se inclinó para probar y mordisquear su piel, concentrándose en el lugar donde tenía la cicatriz que no había visto antes. Momentos más tarde, él se subió encima de ella, cargando su peso sobre los codos y las rodillas, y la besó en el cuello provocando que aumentara su excitación.

–Ya soy adicto a tu sabor. Quiero que fluyas, provocar que pases el límite una y otra vez para quedarme satisfecho. ¿Sabes cómo suena tu voz cuando estás disfrutando al máximo? Quiero que grites mi nombre mientras alcanzas el clímax una y otra vez. Quiero sentir esos músculos aterciopelados que estrujaban mis dedos rodeando mi miembro para darme placer.

Ella temblaba con tanta fuerza que le castañeaban los dientes. Y no tenía que ver con el frío.

–Shehab, no puedo respirar… No me tortures más, por favor… hazme tuya.

Al oír que pronunciaba esas palabras, Shehab perdió lo que le quedaba de razón.

–*Umrek, ya rohi*, ordéname –se bajó de la plataforma, colocó a Farah boca arriba, la acercó al borde, sujetó sus piernas para que lo rodeara por la cintura y acercó su miembro a la entrada de su cuerpo. Despacio, restregó la punta de su sexo para sentir su néctar, estimulándola, conteniendo el fuerte deseo de penetrarla.

Cuando ella gimió de nuevo y arqueó el cuerpo, él se rindió y la penetró despacio. La miró y vio que su rostro expresaba dolor. Los músculos tensos que rodeaban su miembro parecían los de una mujer virgen y él comprendió que Farah no tenía experiencia alguna en el tema sexual.

–Perdóname, debí tener más cuidado.

–No, no… –dijo ella, relajándose una pizca–. Nunca imaginé, nunca… –lo agarró por los hombros para que la penetrara de manera más profunda y emitió un sonido agudo al sentirlo en su interior–. Es una magnífica sensación tenerte dentro de mí –jadeó, provocando que él se excitara aún más–. Nunca imaginé que pudiera existir tanto placer…

–*Aih, ya rohi, et'mataii…* Sáciate de placer.

Y observó asombrado cómo ella se arqueaba para recibirlo mejor. Gimió con fuerza, hundió los dedos en su cabello y empujó su cabeza para que la besara en la boca. Ambos estaban al borde del clímax. Y una vez que él había sucumbido a sus deseos, estaba dispuesto a complacerla una y otra vez.

Él se retiró un poco y volvió a penetrarla con más fuerza. Sus gemidos eran cada vez más intensos y, sus convulsiones, cada vez más fuertes. Cuando parecía que estaba llegando al final, él se derramó en el interior de su cuerpo.

Finalmente, Shehab notó que ella se derretía bajo su cuerpo.

La llevó a su cama. La cama en la que había pasado las últimas dos semanas sin dormir, imaginándola a su lado.

Y ahí estaba, tumbada sobre él, con los ojos cerrados.

Al cabo de un rato, ella se incorporó un poco y dijo:

–Desde el primer momento en que te vi, sentí que me había convertido en un aparato musical y que tus vibraciones eran la frecuencia que me hacía funcionar. Pero ninguna fantasía podría haber hecho lo que acabas de hacerme, ni me habría dado lo que acabas de darme.

–Tú me has dado lo mismo, o más –vio que sus ojos se llenaban de felicidad–. Pero necesitábamos pasar lo que hemos pasado para llegar a la cumbre.

Ella murmuró algo y comenzó a insinuarse con sus movimientos.

–Shehab, poséeme otra vez, no me hagas esperar.

–Estás dolorida. No puedes recibirme otra vez.

–Sí puedo. Quiero sentir tu peso sobre mí, sentirte dentro de mí, que me domines hasta que me sienta satisfecha.

En respuesta a sus súplicas, Shehab salió de la cama, sonrió, y la tomó en brazos para llevarla a la ducha.

–Aquélla que sabe esperar disfrutará de un placer inconmensurable.

Capítulo Ocho

–Nunca había oído hablar de que se pudiera jugar al ajedrez con prendas.

Al oír su comentario, Shehab la miró. Tenía el rostro iluminado por las llamas del fuego que estaba avivando, la puesta de sol y la perpetua pasión que florecía entre ambos.

Ese día habían buceado, habían disfrutado de otra sesión en el *hammam*, habían preparado la comida y después, él había trabajado un rato, tal y como había hecho durante las tres semanas anteriores.

Desde el día en que habían hecho el amor, él apenas se había marchado de su lado. Shehab le había contado que ya se había solucionado lo peor de la crisis y que, si tenía que marcharse, lo haría, pero que la llevaría con él fuera donde fuera. No podía estar separado de ella. Y nunca se separaba de su lado, ni de noche ni de día.

Tal y como le había prometido, le había enseñado a volar en todos los aspectos.

Se incorporó y miró a Shehab, vestido con uno de los atuendos tradicionales que le había prometido que se pondría para que disfrutara con verlo y, sobre todo, con desnudarlo.

Se acercó a ella y se sentó bajo la pequeña tienda que habían montado mirando al fuego. La tienda grande que habían montado poco antes quedaba a su espalda, junto a la orilla del mar. Shehab le acarició la mejilla y dijo:

–Existe, te lo aseguro. Es que has tenido una vida muy tranquila.

Farah se estremeció al ver que se acuclillaba a su lado y le acarició un mechón de pelo negro que escapaba de su tocado.

–Sin embargo, tú has probado todo lo que ofrece la vida.

–¿Eso es lo que crees? –preguntó él con seriedad–. ¿Que he llevado una vida descontrolada?

–No. Sólo quería decir que…

–Es normal pensar que alguien rico y poderoso como yo no haya sabido marcar el límite y haya experimentado mucho para estimular sus sentidos. Pero te aseguro que nunca he tenido tendencias perversas, que no tenía tiempo para hacer travesuras y que soy extremadamente cauto y exigente. Pero que no los haya probado no significa que no conozca los juegos de prendas. Nunca encontré su atractivo, pero ahora, cuando el juego es entre nosotros, cuando se trata de ti… –la miró de arriba abajo, imaginando el cuerpo que se ocultaba bajo las capas del ropaje verde y dorado que llevaba–. Creo que jugar a las prendas es una de las actividades que más merecen la pena de la vida –se puso en pie, la tomó en brazos y la llevó hasta la tienda grande.

–¿Por eso has hecho que nos vistiéramos con estos atuendos? ¿Para que tuviéramos muchas capas que quitarnos?

Él sonrió y levantó la puerta de la tienda. El espacio interior era enorme y el suelo estaba cubierto de alfombras persas. Además, había unos sofás bajitos, almohadones, mesas, teteras, faroles y quemadores de incienso.

En medio de todo aquello había un enorme tablero de ajedrez con piezas de teca y ébano.

Shehab se colocó en medio del tablero y dijo:

–¿Qué tal si empezamos el juego?

Ella asintió y él la dejó en el suelo.

–Empieza tú.

Farah se movió entre las piezas y las acarició, maravillándose al sentir la suavidad de su superficie pulida, y con la cabeza llena de imágenes de Shehab desnudándose.

Finalmente, movió el peón hacia delante. Shehab movió el suyo y, cinco jugadas más tarde, ella le había comido una torre.

–Quítate el *ghotrah*.

–Te equivocas. Las reglas son así. Cuando yo pierdo una ficha tú me quitas una prenda. Puedes ser todo lo creativa y tomarte todo el tiempo que quieras para quitármela. Y yo debo aguantar en silencio y sin tocarte. Por supuesto, contigo será lo mismo. El que gane tendrá al otro a su entera disposición durante una semana.

Farah se acercó a Shehab.

–Me encantan las reglas de este juego.

–De hecho, ésas son mis reglas –permitió que le quitara el tocado y se estremeció al sentir que ella le acariciaba el cabello y lo besaba de manera apasionada. Enseguida comenzó a respirar de forma agitada y notó que su miembro se endurecía por momentos.

Finalmente, se separó de ella y dio un paso atrás mirándola con frustración.

–Ha sido una estupidez poner la norma de no tocarte. Ha estado a punto de estallarme una arteria –negó con la cabeza. Movió el alfil y le comió el caballo–. Ahora me toca a mí.

La tumbó en el suelo y se colocó junto a ella. Le quitó las sandalias y le hizo descubrir las miles de zonas erógenas que tenía en los pies. Cuando ella empezó a gemir y trató de agarrarlo, él se retiró.

–Después de todo, es un gran juego.

A medida que avanzaba la partida ellos se volvieron más creativos, infligiéndose mutuamente un fuerte tormento sensual. Ella terminó en ropa interior y él con un calzón, bajo el que no llevaba nada más. Entonces, Shehab movió la reina.

Se colocó detrás de Farah, le rodeó el cuerpo a la altura de los senos y le murmuró al oído.

–*Shah matt.*

–¿Qué?

–Significa «jaque mate». En persa. Eres mía, y puedo hacer contigo lo que me plazca.

Ella notó que le flaqueaban las piernas al oír el tono apasionado de su voz.

–Soy tuya de todos modos, por si no te habías dado cuenta –se apoyó en él y notó su miembro erecto contra su trasero–. Pero te equivocas.

Se liberó de su abrazo y se movió entre las enormes piezas.

–No es *shah matt.* Sólo es *shah,* o como se diga –movió la reina con manos temblorosas–. Ahora soy yo la que dice jaque mate.

Él miró la jugada estupefacto. Después, comenzó a reír a carcajadas.

–Es cierto. No me había dado cuenta. Está claro que he perdido la cabeza. O mejor, que me la has robado.

—Puesto que tú me has robado la mía, está bien haberle dado un giro a la partida. Ahora tienes que hacer lo que yo te diga.

—Siempre. Lo que quieras. Mándame.

Ella se acercó a él y le dio la espalda. Se puso de puntillas y apretó el trasero contra su miembro erecto.

—Quiero que me poseas, así, sin más, sin esperar a que yo llegue primero al orgasmo.

Shehab la tomó en brazos y la llevó hasta el fondo de la tienda. Detrás de una cortina había una cama rodeada de lustrosos pancles de bronce y una mesa llena de frutas y exquisiteces.

La dejó de rodillas sobre la cama y se quitó el calzón. Después, la penetró con un único empujón.

Farah se quedó paralizada a causa de un gran cúmulo de sensaciones, pero fue la imagen de sus cuerpos reflejados en los paneles de cobre, con él inclinado sobre su espalda, ella arrodillada, unida a su miembro erecto, lo que provocó que llegara al orgasmo.

Shehab continuó moviéndose hasta que las sábanas se mojaron de lágrimas y sudor, acariciando sus pechos, sus pezones, esparciendo la humedad de su entrepierna hasta que ella suplicó:

—No puedo… Shehab… No puedo. Es demasiado.

—Sí puedes. Lo harás. Toma lo que desees. Yo, incapaz de esperar, dentro de ti, a tu merced. Tú, a la mía, poseyéndome, así… —le rozó el clítoris.

—Sí, así… Por favor, ¡no pares!

Pero se separó de ella. Antes de que pudiera quejarse, la tumbó boca arriba, la penetró de nuevo y comenzó a moverse.

–Ordéname. ¿Qué quieres?

–Libérate a la vez que yo.

–*Amrek, ya galbi* –y embistió contra ella. Farah le clavó las uñas en el trasero, deseando que la penetrara hasta el corazón.

Al instante, ambos llegaron al orgasmo al mismo tiempo.

Mucho tiempo después, y todavía dentro de su cuerpo, le preguntó:

–¿Te has quedado satisfecha con mi obediencia?

–Un poco más y me convierto en líquido.

Él se movió en su interior y ambos gimieron.

–Un poco más y me convierto en ceniza. ¿Qué quieres que haga ahora?

–Que nos demos un baño. Que hagamos la barbacoa. Y que permitas que te posea yo a ti.

Él oyó un pitido y no le encontró explicación. Tumbado, con el miembro erecto en el interior del cuerpo de Farah, no podía pensar en nada que no fuera en la unión de sus cuerpos.

Lo oyó de nuevo. Y la tercera vez, se percató de lo que era. Un mensaje. En el teléfono móvil al que sólo tenían acceso tres hombres. El rey y sus hermanos.

–¿Qué está sonando? –Farah se movió sobre él, contrayendo sus músculos internos sobre su miembro.

Él la penetró con más fuerza, incapaz de contemplar la posibilidad de tener que dejarla. El pitido sonó de nuevo. Y él sabía que continuaría sonando hasta que leyera el mensaje. Y que no se lo habrían enviado si no fuese algo importante.

–Un mensaje. De mi tío o de uno de mis hermanos.

–¿Crees que es urgente?

–Debe serlo. Si no, no habrían contactado conmigo.

–Entonces, contesta –dijo ella, y se separó de él.

Shehab se levantó por el teléfono.

El mensaje era de Faruq: *Videoconferencia. Ahora mismo.*

–Date una ducha hasta que regrese. O duerme un poco. La noche es joven y tengo intención de mantenerte despierta gran parte de ella.

–Oh, sí, por favor. Tómate el tiempo que necesites. Me encontrarás aquí, esperándote –se besaron–. Y recuerda que te toca tumbarte y permitir que te explore hasta la saciedad.

–Soy todo tuyo para que hagas lo que desees, *ya hayati* –la besó de nuevo y se marchó.

Farah lo observó sonriente mientras se vestía. Él la miró un instante y salió a ver qué sucedía en el mundo exterior.

Una vez en su estudio, encendió el ordenador y las tres pantallas que tenía conectadas al mismo. Faruq y Kamal aparecieron en dos de ellas.

Así que el rey no iba a participar. Se preguntaba si su tío volvería al escenario político algún día, si sus días como príncipe de la corona estaban contados y se aproximaba el día en que se convertiría en rey de Judar.

–Han pasado seis semanas, Shehab –dijo Kamal.

–Yo también te echo de menos –contestó Shehab mirando a su hermano.

Kamal arqueó una ceja.

–Estás siendo indulgente con nosotros, ¿no es así?

Shehab miró a su hermano pequeño otra vez. Kamal siempre había sido el que provocaba los roces, el que opinaba más duramente y tenía menos compasión.

–¿Y cuál es tu definición de «indulgente»?

–Tomarte seis semanas para hacer lo que podías haber hecho en seis días no es normal. Incluso en seis horas. Conseguiste que se subiera a tu jet para llevarla a tu isla en tiempo récord. ¿Por qué no…?

Shehab dio un puñetazo en la mesa.

–Cállate, Kamal. Si es que quieres mantener intacta tu dentadura.

Kamal entornó los ojos y silbó.

–Vaya, he tocado tu punto débil.

–Te ayudaré a partirle la boca más tarde, Shehab. Pero ahora tenemos que saber qué está pasando.

Shehab miró a Faruq y oyó un ruido detrás de su hermano.

De pronto, se relajó. Era Mennah. Y al ver a la hija de Faruq, que tenía un año, sonrió de corazón. La pequeña bribona lo había conquistado desde el primer instante. Desde que era tío, sentía que su vida se había enriquecido y no podía imaginar cómo sería tener una hija. Con Farah…

Trató de encontrar a la pequeña en la pantalla. Faruq comprendió lo que quería y se puso en pie para agarrar a la pequeña.

–*Ya Ullah*, cada día está más guapa –Shehab saludó a Mennah, quién intentó tocarlo a través de la pantalla. Faruq trató de explicarle que no podía tocar a su tío.

–¿Dónde está Carmen? –preguntó Shehab–. ¿Cómo está?

Al hablar de su esposa, la mirada de Faruq se llenó de orgullo y amor.

–Está en la ducha. Y está estupenda.

–Ya ha salido de la ducha. Y mira quién habla.

Kamal suspiró con impaciencia cuando Carmen apareció detrás de Faruq y abrazó a su marido y a su hija.

Shehab se alegraba de que su hermano hubiera encontrado a una mujer que lo amara de manera incondicional. No era de extrañar que, por ella, Faruq hubiera cedido el trono rápidamente.

Observó que Faruq y Carmen se daban un beso y supo que tenían una relación estupenda, dentro y fuera de la cama. Era capaz de reconocerlo después de lo que había compartido con Farah.

Carmen tomó en brazos a Mennah y sonrió a Shehab y a Kamal.

–Me alegro de veros, aunque sea en la pantalla. Diles adiós, Mennah. Tus tíos tienen que hablar de un asunto importante con tu padre.

Mennah protestó diciendo:

–*Aab*.

–¡Está tratando de decir mi nombre! –exclamó Shehab.

–Por supuesto –dijo Faruq–. Es un prodigio.

Shehab se rió al ver que la pequeña trataba de tocar la pantalla otra vez.

–Prometo que pronto iré a jugar contigo.

En cuanto Carmen desapareció con la pequeña, Kamal comentó:

–Es muy enternecedor ver cómo disfrutáis de la vida familiar cuando toda nuestra región está al borde de una guerra civil.

Faruq miró a Kamal, suspiró y miró a Shehab.

–Por desgracia, es cierto. Los al Shalaan están inquietos. Exigen que se demuestre que la hija del rey Atef se casará contigo. Hemos tratado de apaciguarlos hasta que encontremos la manera de evitar que su linaje tenga que introducirse en nuestra familia real. Nos han dado dos semanas más, amenazándonos con tomar acciones extremas si no cumplimos. No sé qué está pasando en tu zona, y no quiero saberlo. Pero tienes que darnos una respuesta. ¿Se casará contigo o no?

Shehab cerró los ojos. Había llegado el momento. Tenía que pedirle a Farah que se casara con él. Y, sin duda, ella estaba dispuesta a aceptar todo lo que le propusiera.

Pero tenía la sensación de que, en cuanto le pidiera matrimonio, empezaría la cuenta atrás hasta el momento en que ella descubriera la verdad. Él no había sido capaz de enfrentarse a esa posibilidad.

Por eso se había aislado del mundo y había tratado de disfrutar de ella al máximo.

Pero tenía que regresar a la realidad.

–Se casará conmigo –contestó.

Capítulo Nueve

Shehab entró en la habitación y recorrió despacio la larga distancia que había hasta la cama para saborear la imagen de Farah, desnuda, entre las sábanas, con un pecho asomado, con el pezón erecto, simplemente a causa de su presencia. Tenía los muslos apretados, tratando de calmar el deseo que él sabía que albergaba su entrepierna. El mismo deseo que invadía el cuerpo de Shehab.

Se detuvo frente a ella y esperó a que abriera los ojos. Nada más hacerlo, ella estiró los brazos, lo abrazó y lo cubrió con montones de besos.

—¿Qué ocurre, cariño? —se incorporó sobre el codo—. ¿Ocurre algo con tu familia?

—Sólo sucede una cosa. Hay algo que necesito saber. Cuando te vayas de aquí, ¿regresarás con tu amante?

Farah se dejó caer sobre la cama como si él le hubiera dado una bofetada.

—¿Cómo…? —tragó saliva y cerró los ojos con fuerza—. ¿Por eso te han llamado por teléfono? ¿Me has investigado?

—¿Era necesario que te investigara, Farah? Después de todo lo que hemos compartido, ¿no podías habérmelo contado tú?

Ella se puso de rodillas y las lágrimas afloraron a sus ojos.

–Debería haberlo hecho, pero no podía. Estaba muy agradecida porque no hubieras oído los rumores.

–¿Rumores? ¿Estás diciéndome que Bill Hanson no es tu amante?

–Cielos, no. Es un conocido de mi padre que permaneció a nuestro lado cuando él falleció y perdimos todos nuestros bienes. Ofreció darnos todo lo que necesitáramos para recuperarlos. Pero mi madre admitió que su falta de visión para los negocios fue lo que nos llevó a perderlo todo en primer lugar, y que volvería a perder lo que Bill nos diera. Yo era demasiado joven y no estaba preparada para ser presidente de una multinacional, así que le pedí un empleo a cambio. Él me ofreció uno con un sueldo estupendo y yo me maté a trabajar para ganarme cada centavo.

»Enseguida me ascendió al puesto de consejera personal y analista. Insistió en que era la persona adecuada para el puesto, ya que mi padre me había enseñado y que se fiaba plenamente de mí. Los rumores comenzaron el día en que me ascendió, hace ya casi dos años y medio. Bill me pidió que dejara que la gente los creyera. Me dijo que sería un acuerdo beneficioso para los dos. Yo quería alejar a mis pretendientes y él quería vengarse de su esposa, que se había marchado con un hombre de la edad de su hijo pequeño. Yo estaba contenta con el acuerdo, hasta que te conocí, y me alegré mucho de que no hubieras oído nada. Pensaba que si te lo contaba no me creerías.

Se quedó en silencio mirando a Shehab con nerviosismo. Él no podía reaccionar. Se sentía como si se hubiese vuelto de piedra.

–¿Y por qué querría una bella mujer como tú alejar a tus pretendientes?

–«Pretendientes» era como los llamaba Bill. Yo los llamaba «depredadores». Me han estado rondando desde que murió mi padre, primero por mi herencia y, después, cuando me convertí en la mano derecha de Bill, por mi puesto.

–¿Por eso...? –se calló cuando empezaron a inundarlo los recuerdos.

–¿Si por eso te acusé de tener algún tipo de plan la noche que nos conocimos? Sí, mi inseguridad se hizo notar. Fui estúpida, incluso se me ocurrió que pudieras tener algo en común con esos hombres mezquinos que quieren despedazar a Bill.

–Estoy seguro de que sabes que tú, sola, sin ningún otro aliciente, eres suficiente para volver loco a un hombre.

Ella lo miró incrédula.

–Sí, claro.

–¿Cómo puedes dudarlo? ¿No te das cuenta de lo que provocas en mí?

–Creo que es un auténtico milagro que me desees tanto como yo a ti, Shehab. Pero antes de conocerte no me importaba si había hombres que pudieran desearme sólo por ser como soy. Nunca quise volver a tener un amante. Después de mi primera experiencia me convencí de que era incapaz de disfrutar del sexo.

–Cuéntame cómo fue esa experiencia que te llevó a pensar tal cosa.

Ella lo miró como si deseara que se la tragara la tierra.

Justo cuando él se disponía a decirle que no hacía

falta que se lo contara, ella cuadró los hombros y lo miró con una mezcla de vergüenza y decisión.

–Tenía diecinueve años y estaba tratando de asimilar la pérdida de mi padre. Dan era uno de los empleados de mi padre y trataba de convencerme de que necesitaba a alguien a mi lado, y que él era el hombre adecuado. Había investigado tanto sobre mí que sabía qué hacer y qué decir a cada momento, dando la imagen del compañero perfecto para la niña que yo era. Él estaba dispuesto a cualquier cosa para acostarse conmigo. Accedí, y fue horrible –puso una mueca–. Ni siquiera fue doloroso, él era… Uh –separó dos dedos a bastante distancia y se puso colorada–. Da igual, era torpe y asqueroso. Y él me dijo que no pasaba nada, que había mujeres que no eran capaces de disfrutar del sexo, pero que él seguiría intentando…

–¿Curarte?

Ella asintió.

–Algo así. Al parecer, contaba con que yo estuviera avergonzada por el defecto y que, por tanto, le dejaría que me hiciera cualquier cosa. Pero tú me conoces. Soy incapaz de ocultar lo que siento. Así que le dije que si no podía disfrutarlo, no lo quería. Él trató de camelarme durante mucho tiempo, pero fracasó. Al parecer, cuando se dio cuenta de que todos los esfuerzos que había hecho no estaban dando fruto, su resistencia comenzó a disminuir. Un día, le solté: «¿por qué no somos amigos?». Y él estalló como un volcán. No paró de hablar durante una hora. Que quién querría ser mi amigo. Que sólo me había aguantado por el dinero y cosas así. Yo estaba perpleja. Entonces, cuando le conté que habíamos perdido todo el dine-

ro, me insultó diciéndome que además de ser una zo-
rra, era pobre.

Shehab cerró los puños para contener la rabia.

¿Pero él era mucho mejor que aquel hombre? ¿No
había hecho lo mismo? ¿No la había manipulado para
obtener un fin?

No. Su causa era justa. Y él había comenzado a ma-
nipularla cuando tenía una falsa impresión de ella. Y
le había dado mucho placer. Estaría dispuesto a morir antes de hacerle daño. Mientras que aquel hombre
la había asustado de por vida…

Se levantó, se puso de pie en la cama y la miró.

—Encontraré a ese cretino. Y lo enviaré al infierno
con un billete sin retorno.

Ella pestañeó y soltó una risita.

—Oh, Shehab, no se merece ni una pizca de ese
magnífico machismo. Guárdalo para mí.

—No le tengas piedad como a los paparazzi. Ese
hombre te hizo creer que tenías algún defecto, cuando lo único que tenías eran demasiados atributos po-
sitivos, cuando no hay mujer capaz de encenderse y
de disfrutar como tú. Él te robó la inocencia y ni siquiera la quería. Injurió ese regalo incomparable. Y
pagará, despacio, por sus delitos.

Ella se agarró a sus piernas y dijo:

—Oh, Shehab, si quieres vengarte, acabas de hacerlo. Más de lo que imaginas. Olvídalo, o harás que tenga miedo de contarte nada.

Él la miró y trató de contener la rabia. Al verla a
sus pies, con la sábana sobre los muslos pero con la espalda al descubierto, en una pastura sacada de las fantasías más eróticas, sintió que la confusión se apoderaba de él, mientras no podía dejar de contemplar

cómo su cabello se deslizaba sobre sus piernas y cómo sus labios rozaban su miembro erecto.

Se arrodilló ante ella y la abrazó para besarla.

Cuando se separaron, observó cómo le retiraba el *abaya* con manos temblorosas.

Ella comenzó a hablar otra vez mientras lo tumbaba sobre su espalda para comenzar la exploración de su cuerpo.

—Aquel hombre tenía razón en una cosa. Después de él, experimenté con las relaciones íntimas —al sentir que se ponía tenso, lo tranquilizó—. No fui más allá de los besos y, con los hombres guapos, me pareció algo agradable. A pesar de que tuvieran un plan oculto. Decidí ir con los ojos bien abiertos y divertirme. Pensé que si con los besos me iba bien, llegaría más lejos —él comenzó a quejarse y ella le acarició el ombligo con la lengua. Después, acercó el rostro a su entrepierna e inhaló su aroma, gimiendo de placer. Al instante, levantó la cabeza y lo miró a los ojos—. Pero ahora me doy cuenta de que no puedo sentir pasión si no tengo implicación emocional. Y por eso tú serás el único que pueda excitarme y complacerme. Porque te quiero.

El mundo se detuvo.

«Porque te quiero».

Él la miró paralizado. Ella lo amaba. Lo amaba.

Farah le agarró la mano y lo miró con tanta emoción en los ojos que él se sintió inundado.

—Te amo desde el primer momento, y desde entonces, cada instante te amo un poco más.

Shehab se bajó de la cama y acercó a Farah hasta el borde para que se sentara. Después, se arrodilló entre sus piernas. Quería contárselo todo. Pero no podía. Estaba abrumado. Agachó la cabeza y la apoyó sobre la rodilla de Farah, repitiendo su nombre una y otra vez.

Ella trató de forzarlo para que levantara la cabeza, acariciándole el cabello con sus dedos temblorosos. Él colocó la mano sobre la de ella y apretó para mostrarle que quería que lo acunara en su regazo, que lo rodeara con su generosidad, que lo bendijera con su amor.

Y Farah, lo abrazó, una y otra vez, derramando sus lágrimas de amor sobre el rostro y las manos de Shehab.

—Por favor, no hagas que me arrepienta de habértelo dicho. No te sientas en deuda conmigo. Sé lo honrado que eres y moriría si te he hecho sentir mal, o te he puesto en un compromiso. Sabía lo que estaba haciendo, y no esperaba nada a cambio. Soy feliz de ser normal, de haberte encontrado, un hombre que merece toda mi confianza y mi amor. Cuando termine, me marcharé sintiéndome realizada. Y sabiendo que, por una vez, he tenido lo que mi nombre significa. Felicidad. Tú me las has dado, y siempre conservaré el recuerdo del tiempo que hemos pasado juntos.

Él la miró, aterrorizado por lo que le había provocado. Era posible que Farah hubiera percibido sus emociones, pero no había sido capaz de creer que fueran ciertas. Y aun así, no se había protegido. Le había dado todo, había confiado en él sin esperar nada a cambio, creyendo que no obtendría nada de él, convenciéndose de que los bocados que él le había ofrecido serían suficientes.

La besó en los labios, incapaz de soportar ni una palabra más.

–*B'ellahi, ya habibati, er'ruhmuh*… Ten misericordia, amor mío, *Ahebbek, ya farah hayati, aabodek*, te quiero, te adoro, eres la alegría de mi vida. Soy yo quien te amó desde el primer momento, el que quería que todo fuera perfecto para ti. Quería darte tiempo para que me conocieras mientras rezaba para que llegaras a sentir una pequeña parte de lo que yo sentía por ti. Eres la dueña de mi corazón, te corresponde por ser la primera mujer capaz de despertarlo. Eres la dueña de mi cuerpo y de mi vida. Y ahora eres la dueña de mi alma por haberme dado tu esencia con toda tu generosidad. Has dicho que no esperabas nada de mí, ¿Eso significa que no lo quieres? ¿Que no lo aceptarás cuando te ofrezca todo lo que soy? ¿No me darás un motivo para vivir, y harás que me sienta completo? ¿No te casarás conmigo?

Farah lo miró paralizada. Después, reaccionó y lo estrechó entre sus brazos, presionándolo contra sus senos.

–Sí, sí, sí… Seré tu esposa. Y siempre estaré a tu lado –se separó de él y lo miró con asombro–. Oh, cielos, es cierto que me amas.

Él la tumbó sobre la cama y se colocó sobre ella.

–*Ana aashagek.* Yo… No hay palabra para ello. *Esh'g* es un concepto que no se puede traducir al inglés, es más desinteresado que el amor, tan carnal como el deseo más fiero, tan reverente como la adoración. Siempre lo he considerado parte innata de mi cultura. Pero no lo es, es lo único que se aproxima a lo que siento por ti, contigo. *Aasahagek. Enti mashugati.* Lo que siento y lo que eres para mí.

–Es demasiado… Oh, cariño… Es demasiado.

–Nada será demasiado para ti –le secó las lágrimas–. Todo lo que tenga, haga, sienta o sea, es tuyo. *Enti rohi, hayati…* Mi alma y vida…

Ella se arqueó bajo su cuerpo y le rodeó la espalda con las piernas.

–Por favor, amor mío, no puedo más… Poséeme ahora que sé que es con amor. Ámame, y deja que te ame…

Él la penetró y ambos llegaron al éxtasis enseguida. Esa vez, cuando derramó su esencia en el interior de su cuerpo, él le expresó su amor. Y se sintió liberado, libre, completo.

–Por supuesto que sé que han pasado seis semanas… –Farah se mordió el labio inferior mientras se separaba el teléfono de la oreja al oír la diatriba que provenía del otro lado de la línea–. Bill, ¿quieres calmarte? –levantó la voz–. Haré el análisis hoy mismo, lo prometo –hizo una pausa.

Shehab no pudo contenerse más. Se acercó a ella, la tomó en brazos y la llevó hasta el sofá. Se sentó a su lado y la acarició para tranquilizarla.

–Está bien, está bien, Bill. No te provoques otro ataque. Regresaré. En cuanto pueda solucionarlo.

Cuando colgó el teléfono, miró a Shehab con cara de disculpa.

–Ya no tienes que recibir órdenes de él. Si eres mi esposa, hasta podrías comprarle la empresa.

El rostro de Farah se iluminó al oír la palabra «esposa».

–Quiero que sepas que no voy a casarme contigo para tener acceso a tus fondos. Y, además, esto no se trata de dinero. Bill es el único amigo que tengo, y me necesita.

–Lo acepto y lo comprendo –dijo él–. Pero será mejor que no vuelva a gritarte o sufrirá las consecuencias.

–Oh, es todo fachada. Conmigo, por lo menos. De hecho, me resulta reconfortante. Mi padre hacía lo mismo y cuando oigo a Bill me acuerdo de él.

–No dejas de evitar que te defienda, con toda esa compasión equivocada –ella comenzó a protestar y él la besó–. Y aunque me molesta el hecho de no poder liberar mi ira contra todo aquél que te haya disgustado en algún momento, es una de las innumerables cosas que me gustan de ti.

–Oh, ¿crees que podrías pasarme la lista de esas cosas por escrito?

Él la besó de forma apasionada, prometiéndole que le conseguiría la luna si ella se lo pedía. Farah se separó de él, y le preguntó:

–Entonces, ¿lo organizarás todo para que regrese a Los Ángeles?

Shehab sintió que le daba un vuelco el corazón.

–¿Crees que te mandaría a ti sola?

Ella saltó entre sus brazos.

–¿Vendrás conmigo?

–Hasta el fin del mundo. Iría al infierno contigo, ida y vuelta, y aunque no hubiera billete de regreso. Así que, ¿qué es un pequeño viaje a Los Ángeles?

Nada más subir al avión se dirigieron a una de las habitaciones, y no salieron de allí hasta que pasaron las veinticuatro horas que duraba el vuelo.

A pesar del delirio sensual en el que estaba sumido, Shehab sentía la necesidad de contarle todo lo que le estaba ocultando y lo que lo estaba reconcomiendo por dentro.

Sin embargo, cada vez que la miraba, veía la dicha en su rostro y decidía que no era el momento de hacerlo. ¿Cómo iba a estropear aquella maravilla hablando de la farsa con la que había comenzado todo? ¿Cómo iba a provocarle dolor y desilusión, antes de que ella creyera que hacía mucho tiempo que había dejado de ser un instrumento para asegurar el trono de Judar?

Fue cuando ella se volvió para despedirse de Shehab al entrar en la oficina, cuando él se percató de todo.

No podía posponerlo más.

En cuanto volviera a verla, le revelaría su identidad, le confesaría toda la verdad, le suplicaría que lo perdonara por el engaño que había dejado de ser tal engaño casi desde el principio.

Y Farah, que era tan generosa, lo perdonaría.

Ella se volvió una vez más y le lanzó un beso antes de desaparecer dentro del edificio. Él lo cazó con ambas manos y se lo llevó a los labios, antes de llevárselo al corazón.

Sí. Le confesaría todo, y ella lo perdonaría.

Entonces, sus vidas comenzarían de verdad.

Capítulo Diez

Farah subió hasta el despacho de Bill con una amplia sonrisa. Lo encontró sentado, con los codos apoyados en el escritorio y con la cabeza entre las manos.

Y todo el júbilo que se había apoderado de ella desde que Shehab se había arrodillado a sus pies, se desvaneció. Aparte de Shehab, Bill era la persona más fuerte que había conocido nunca. Daba igual qué clase de golpe recibiera, siempre los superaba sin mostrar dolor o debilidad. Sin embargo, ese día parecía agotado, rendido.

Corrió hacia él.

–Veo que tu amante se ha apresurado a traerte. ¿Sabes quién es?

–Por supuesto que lo sé, pero…

–Cielos, no estaba preparado para esto, aunque sabía que algún día cambiarías de opinión respecto a acostarte con hombres. ¿Y quién mejor que ese hombre, no? Acostarte con él sirve para muchas cosas.

¿Qué diablos le pasaba a Bill? Nada de lo que decía tenía sentido.

–Quizá el mundo me esté diciendo algo, que debería admitir que fui yo el que hizo que Stella se marchara. Pero ya he tenido suficiente, he superado la rabia y el dolor, quizá haya llegado el momento de ver si ella ha aprendido su lección –miró a Farah de nuevo–. ¿Pero por qué no has confiado en mí? Aunque me haya dejado helado el hecho de que por una vez, en tu vida personal, hayas hecho una buena jugada, lo habría comprendido. Diablos, te habría dado algunas sugerencias.

–Está bien, voy a llamar al médico. Estás diciendo sandeces.

Bill suspiró.

–¿Quién iba a pensar que se te ocurriría probar al príncipe de la corona de Judar antes de aceptar casarte con él? Después de todo, los matrimonios de Oriente Medio son para siempre. Pero por la cara que traías al entrar, parece que las destrezas sexuales de al Masud te han parecido satisfactorias.

El mundo se detuvo.

Y parecía que había pasado mucho tiempo antes de que comenzara a moverse otra vez.

–Crees que Shehab es… –ella soltó una risita–. Ya sé por qué. El príncipe de la corona también se llama Shehab, ¿no es así? Supongo que debe de ser un nombre corriente. Pero Shehab se apellida al Ajman. Es el magnate que…

–Sé exactamente quién es. El magnate que apareció de la nada hace tres meses. Al Ajman es el apellido de su familia materna. Estoy seguro de que él pensó que no investigaría ese dato cuando creó su otro yo… –se puso en pie y la rabia se fue apoderando de él a medida que todos los datos encajaban en su cabeza–. Pero no fui yo el objetivo de su engaño, ni tampoco el mundo de los negocios en general. Fuiste tú. Te negaste a casarte con él, así que él decidió embaucarte…

Se calló de nuevo, y una expresión de terror invadió su rostro. ¿Sería el reflejo de la expresión de Farah?

Shehab. No era el hombre que ella creía que conocía de manera íntima. Era el príncipe con el que su padre biológico había dicho que debía casarse. Del que ella ni siquiera quería oír hablar. Había pensado que tenía elección. Pero no tenía ninguna.

Él la había perseguido para conseguir que cambiara de opinión, para modificar su voluntad, para que le entregara el corazón, su alma, su vida.

–Hazme un favor, Bill. Quiero utilizar tu helicóptero.

Bill entornó los ojos.

–Él está abajo, esperándote. No quieres verlo.

–No. Nunca jamás.

Bill suspiró con fuerza, asintió y acercó la mano al intercomunicador. Se detuvo antes de pulsar el botón.

–Cuéntame dónde vas –a pesar de que ella asintió, él insistió–. Y no te hagas daño… De ningún tipo.

Ella lo miró y pensó cómo podía preocuparse por eso.

¿Cómo iba a hacerse daño si ya la habían destrozado?

Shehab entró en el edificio a buscar a Farah.

Llevaba tres horas dentro. Y la había estado llamando durante la última hora y no había obtenido respuesta.

Dentro sólo recibió evasivas, hasta que recurrió a las amenazas. Y entonces descubrió que se había marchado en helicóptero.

Salió a la calle de nuevo, tratando de tranquilizarse.

Debía de haberse marchado para solucionar el asunto importante por el que el jefe le había pedido que regresara. Lo llamaría en cuanto terminara. Seguro que no se le había ocurrido que él pudiera esperarla a que saliera del trabajo. Y, probablemente, no habría oído el teléfono con el ruido del helicóptero.

Nada de aquello funcionaba. Así que hizo lo que habría hecho cualquier hombre respetable y locamente enamorado que buscaba a la mujer que tenía su destino entre las manos: seguir la señal de su teléfono GPS.

Aun así, tardó cuatro horas en localizarla y en llegar donde se encontraba. En un hotel de bungalós en Orange County.

Después de que Shehab mostrara el pasaporte diplomático y contara la situación, un recepcionista le indicó dónde podía encontrar a Farah, e incluso le dio una tarjeta de acceso.

Shehab esperó allí, con el corazón acelerado. No parecía un lugar donde se llevara a cabo ninguna clase de negocios. Entonces, ¿por qué había ido allí? ¿Por qué no lo había llamado en tanto tiempo?

Antes de que metiera la tarjeta para abrir la puerta, decidió llamar. Al cabo de un momento de silencio, se oyeron unos pasos y se abrió la puerta.

Una extraña lo miró desde el umbral.

Una extraña que era igual que Farah.

«Así que es cierto», pensó Farah.

Abrió la puerta y encontró que Shehab estaba allí. Y ella no había sentido nada. Ni sorpresa, ni rabia, ni dolor. Nada. Todo había terminado.

–*Habibati…* –se acercó a ella–. Casi me vuelvo loco cuando vi que no contestabas el teléfono. ¿Por qué estás aquí? ¿Es aquí donde te ha mandado Bill? ¿Para qué? –al ver que no contestaba y que se escabullía de su lado para cerrar la puerta, preguntó–: *Hayati*, ¿qué ocurre?

Él todavía no se había dado cuenta. ¿O trataba de salir de aquella situación? Probablemente pensara que podría hacerlo. Después de todo, ella era bastante estúpida. Tal y como había demostrado durante seis semanas.

Pero algo terrible estaba sucediendo. Era como si se estuviera pasando el efecto de la anestesia y el dolor comenzara a extenderse por su cuerpo,

Él la tomó entre sus brazos y se estremeció. Como si le importara que estuviera viva o muerta.

A Farah se le ocurrió una salida. Una versión de la realidad en la que fuera la mujer que se rumoreaba que era. La mujer que no sólo sobreviviría a aquello, sino que se marcharía riéndose. Invencible como él, desempeñando papeles para conseguir su objetivo. Sin remordimientos. De forma despiadada.

–Quiero darte las gracias –dijo ella, escapando de sus brazos.

–¿Por qué, *ya habibati*?

Habibati. Mi amor. Su amor. Cuando ella no era nada para él. Sólo un instrumento, un medio para conseguir un fin. Todo era mentira. Cada caricia, cada sonrisa… Más que una mentira. Él había jugado con frialdad para conseguir que ella sucumbiera ante el papel que le correspondía en el ámbito político de su reinado. Era como una pieza de ajedrez que él manejaba con premeditación e indiferencia.

Y ella no podía permitir que continuara riéndose a su costa.

—Has hecho lo que nadie había conseguido hacer. Eres el único hombre con el que he tenido una aventura que Bill sabía que era una verdadera amenaza. Y también eres el primer príncipe de la corona con el que he estado. Por supuesto, lo sabía. Y seguí adelante porque tú querías jugar y yo también. Pero Bill entró en pánico. Y me llamó para ofrecerme matrimonio, por fin.

Shehab lo comprendió todo.

Farah había descubierto quién era y le estaba dando una lección.

—Ha sido divertido mientras duró. Eres un gran anfitrión y un amante pasable. Estoy segura de que tu oferta de matrimonio no iba en serio, pero aunque fuera así, la de Bill es mucho mejor. Tú eres demasiado exigente, ya sabes.

Shehab no podía respirar. Y no lo haría hasta que ella le gritara, o le sacara la lengua, como a él le encantaba que hiciera. Pero no hizo ninguna de las dos cosas.

Pasó a su lado y abrió la puerta.

—Bill está muy sensible respecto a ti, y yo tengo que complacerlo hasta que haya redactado el acuerdo prenupcial. Quizá cuando todo esté asentado pueda verte otra vez. Si es que entretanto no me lío con nadie más.

Farah estaba admitiendo todos los rumores que él había oído sobre ella. Y no estaba bromeando.

—Por supuesto, si volvemos a liarnos tendrás que disculparme por dejar de actuar como una idiota asombrada y llena de adoración. Me cansé de actuar como tal y no volveré a intentarlo de momento.

«Basta. Basta», pensó él. Pero ella no se calló.

–Te invitaría a que nos acostáramos como despedida, pero Bill se reunirá conmigo dentro de una hora y a ti no te gusta hacerlo rápido, así que… –hizo un gesto señalando hacia la puerta.

Shehab cerró la puerta y dijo:

–Crees que puedes echarme sin más. Interesante. Pero más interesante todavía es ver que crees que todo lo que ha pasado en las últimas semanas ha ocurrido por ti. El ego de una mujer no tiene límite, y más cuando varios hombres le han hecho creer que es irresistible. Habría preferido hacerlo a mi manera, de forma no dolorosa, pero puesto que crees que voy a dejarte seguir tu jugada, tendré que aplicar medios de presión. De ti depende cuánta presión aplique. Puedes venir conmigo ahora y ahorrarte la parte desagradable, o puedo hacer que tú, y tu amante senil, os arrepintáis el resto de vuestras vidas. Entonces, de todos modos, harás lo que yo quiero.

Farah estuvo a punto de sonreír. Qué fácil había sido conseguir que se quitara la máscara y ver el verdadero rostro del jeque desalmado que utilizaba y abusaba de la gente para conseguir sus objetivos.

–Estás embriagado con tu propio poder, ¿no es así? ¿Cómo vas a hacer eso? Estamos en Norteamérica, y no en tu isla o en tu reinado.

–¿Quieres que te haga una lista? ¿Qué tal si empiezo por hundir a Hanson hasta que caiga en bancarrota? Si le muestro cómo puedo hacerlo, y cómo podría evitarlo, te dejará de lado en un abrir y cerrar de ojos. Después, no permitiré que hagas ningún movimiento y te arrastrarás hasta mí. Y yo me casaré contigo, por el bien de mi país. Sólo he soportado tu inexperiencia y tu carácter odioso para obtener un fin. El fin más importante. Mantener el trono de Judar y, con él, la paz de toda la región.

Ya estaba confirmado. No quedaba ninguna esperanza acerca de que quizá, parte del tiempo que habían pasado juntos hubiera sido por ella.

Farah pasó a su lado, salió y comenzó a correr.

No llegó muy lejos. Al minuto, estaba acorralada entre Shehab y sus hombres, consciente de que no tenía sentido resistirse.

Él la metió en su limusina y la llevó de nuevo hasta su jet privado.

En cuanto estuvieron en el aire, ella lo miró y dijo:

—O sea, que esta vez me estás secuestrando de verdad.

—Voy a llevarte con tu padre. El destino ha hecho que seas la hija de un rey, y la salvación de dos reinos. Tengo que mirar más allá de tus defectos y centrarme en el bien que harás por simplemente existir.

—¿De qué estás hablando? ¿Qué es eso de mantener el trono y la paz de la región, la salvación de dos reinos?

—El rey Atef te ha hablado de ello. No finjas.

—No estoy fingiendo. Habré hablado con el rey Atef una docena de veces. Las primeras, todavía estaba bajo el shock de la noticia de que era mi padre. Me caía bien, pero temía que fuera porque estaba desesperada por encontrar otra figura paterna. Él parecía contento de haberme encontrado y yo empecé a abrirme a él. Pero me sentía como un yo-yo. Tan pronto estaba emocionada por haberlo encontrado y, al instante, me sentía culpable, como si estuviera traicionando la memoria de mi padre. Entonces, vino a conocerme y me dijo que tenía que dejar mi vida para casarme con un príncipe al que nunca había visto, como parte de un acuerdo político. Y supe que su amistad había sido un montaje. No se alegraba de conocerme, sólo había tratado de conseguir que yo siguiera sus planes. No quería saber nada más de él, y le dije que me dejara en paz.

–Y entonces, te negaste a casarte conmigo porque creías que sólo debías hacer caso de tus sentimientos. Por eso ha sucedido todo esto. Y puesto que eres la princesa de Zohayd y la futura reina de Judar, deberías saber cómo están las cosas. Fingiré que tu pregunta ha sido por interés o, al menos, por curiosidad –hizo una pausa y, al ver que no decía nada, continuó–: Los al Masud han ocupado el trono de Judar desde que se fundó el reinado hace seiscientos años. Pero nuestro rey, el rey Zaher, no tiene herederos varones. Y entonces, cuando murieron sus dos hermanos, uno de ellos mi padre, sólo quedamos sus sobrinos como sucesores al trono. Ha sido la primera vez en seiscientos años que se ha roto la línea de sucesión. Entonces, los al Shalaan, la segunda tribu más influyente de Judar, opinaron que ya había llegado el momento de ocupar el trono y amenazaron con provocar un levantamiento que terminaría con la paz de Judar. Se trató de llegar a un acuerdo, pero no funcionó, y se teme que todo desemboque en una guerra civil. Una guerra que los al Masud harían lo posible por evitar. Aunque eso significara perder el trono, lo que conllevaría la destrucción de Judar. Entonces, Zohayd, el país vecino de Judar, se vio arrastrado en la crisis, ya que otra rama de los al Shalaan forma parte del gobierno de allí.

–Entonces, ¿el rey Atef es un al Shalaan?

–Como tú. ¿Ni siquiera sabías su nombre completo?

–No quise saber nada más. No sabía… No pensaba… Yo… ¿Y qué ha pasado después de eso?

–Los al Shalaan de Zohayd presionaron al rey Atef para que apoyara a los hombres de su tribu para llegar al trono de Judar. Pero él no está dispuesto a apoyar esa locura. Los al Masud son sus mejores aliados y el motivo de que Zohayd haya prosperado, por no mencionar que el hecho de perder el trono desestabilizaría toda la región. Él estaba dispuesto a apoyarnos en cualquier guerra, pero eso habría provocado que en Zohayd también se produjera una guerra civil. Después de intensas negociaciones, los al Shalaan de ambos reinados decretaron que la única solución pacífica pasaba por que el futuro rey de al Masud se casara con la hija de un patriarca de pura raza para que su sangre entrara en la casa real. Se empezó a debatir quién era el patriarca de la tribu que tenía la sangre más pura de los al Shalaan, para que Faruq, mi hermano pequeño, y por aquel entonces, el príncipe de la corona de Judar, se casara con su hija. Pero el patriarca resultó ser el mismo rey Atef, que no tenía ninguna hija.

»Fue entonces cuando nos dimos cuenta de que habíamos caído en una trampa, y descubrimos quién estaba detrás de aquella conspiración. Fue mi primo Tareq, el príncipe de la corona marginado. Él nos había acorralado hasta que no nos quedó más remedio que luchar por el trono. O dejarlo marchar. En cualquier caso, tanto Judar como Zohayd serían destruidos por una guerra civil que arrastraría a toda la región al caos. Él diseñó la venganza perfecta para la casa real que lo había marginado, y el reino era su mejor aliado. Entonces, sucedió un milagro. El rey Atef descubrió que tenía una hija de una amante norteamericana. Tú –la miró de arriba abajo–. Y se llegó a un acuerdo entre los dos reinados. Mi hermano Faruq amaba a su esposa y no estaba dispuesto a tomar a otra mujer, independientemente de la causa que fuera. Así que se retiró del tema. Ahora, es mi responsabilidad salvar el trono de Judar.

Se hizo un largo silencio.

Así que él había tenido una causa legítima para destrozarla. Ella era lo que los militares llamaban un daño colateral.

–El rey Atef… Mi padre… Debería habérmelo explicado.

Él apretó los dientes antes de emitir un sonido que hizo que Farah sintiera una náusea.

Tenía que haberte contado la importancia de la crisis. Pero como bien has confesado, no quisiste escuchar. ¿Por qué iba a importarte el futuro de dos reinos que ni siquiera eres capaz de encontrar en el mapa?

Ella lo miró y dijo:

–Me casaré contigo.

Algo terrible inundó la mirada de Shehab.

–Y por supuesto, esa noble decisión no tiene nada que ver con que es la única opción que tienes ahora que has perdido todas las apuestas que has hecho.

Ella se encogió de hombros.

–Has ganado. ¿Qué más quieres?

Él bajó la mirada y frunció las cejas. Después la miró con furia.

–Te quiero a ti.

–No, no es cierto.

Shehab sabía que había llegado el momento en que tendría que obligarla a casarse con él. No quedaban más opciones.

–Sí, Farah, te quiero.

–Pero dijiste…

Él se puso en pie, se acercó a ella y la tomó entre sus brazos.

–No me importa lo que dijera. No me importa lo que ninguno de los dos tuviéramos planeado. La única realidad es ésta –la besó de forma apasionada.

Shehab la llevó hasta el dormitorio donde se habían entregado el uno al otro, horas atrás. Cuando eran personas diferentes. La tumbó sobre la cama y se colocó sobre ella. Farah se quejó y lo empujó.

Él se quedó quieto y se retiró. Nunca la forzaría, pero sí estaba dispuesto a obligarla a que reconociera una cosa.

–Tú también me deseas. Reconozco cuando una mujer se estremece con mis caricias, pero entre mis brazos, tú te desintegras de placer. Estás temblando, deseando que te haga el amor, que te libere como sólo yo puedo liberarte. No trates de negarlo, porque lo sé. Y si esto es todo lo que tenemos, disfrutémoslo.

La miró a los ojos exigiéndole una respuesta.

Y ella se la dio. Cerró los ojos y lo besó mientras le retiraba el cinturón con manos temblorosas. Él suspiró aliviado y empezó a desnudarla. Al cabo de un instante, se colocó sobre ella y restregó su torso desnudo sobre sus senos mientras ella lo rodeaba con las piernas, suplicándole en silencio que fusionaran sus cuerpos.

Incapaz de aguantar ni un segundo más, la penetró.

Y allí, enterrado en su cuerpo, consciente de que el siguiente empujón los llevaría al éxtasis, se quedó quieto. La miró a los ojos y lo vio. Comprendió que había encontrado lo que necesitaba para sentirse completo. Entonces, ella se movió y lo poseyó al mismo tiempo que él a ella, sin dejar de mirarlo a los ojos. El dolor, la rabia y la desilusión desaparecieron y todas las cosas maravillosas que él sentía por ella lo inundaron por completo. Al instante, el placer se apoderó de ambos y los condujo al éxtasis.

–Todo lo que dijiste era inventado. ¿Por qué lo hiciste? –preguntó él, jadeando.

Ella se movió, dejando claro que deseaba separarse. Shehab se separó de ella y la observó mientras se bajaba de la cama y se dirigía al armario donde se encontraba la ropa que él había encargado para ella. Farah sacó un vestido de color esmeralda y se lo puso.

–Empiezo a darme cuentas de las implicaciones que tiene que seas el príncipe de la corona de uno de los países petroleros más poderosos del mundo. Probablemente, tengas en tu poder las vidas de tu gente. Y lo quieres tener sobre mí.

Él se levantó en la cama y se puso los pantalones mientras se acercaba a ella.

–No…

Farah hizo que se callara con un gesto.

–No te conformas con tenerme aquí, como un títere de tu juego político y un cuerpo ardiente en tu cama. También quieres agotar hasta la última gota de dignidad que me queda para apaciguar la tuya.

–*B'ellahi,* Farah, basta. Esto no es lo que yo…

–¿Quieres saber por qué dije lo que dije? ¿Puedo darte una lista de motivos? ¿Qué te parece si te digo que reaccioné así cuando descubrí que sólo me utilizaste para conseguir un objetivo? ¿O que quería escapar de la situación más degradante de mi vida con la ilusión de estar en el mismo terreno? ¿O que quería mostrarte tu verdadero rostro, para superponerlo al del hombre que amaba, con el fin de borrarlo de mi corazón para continuar viviendo?

–*Atawassal elaiki,* te lo suplico, *ya habibati,* permíteme…

–Te suplico que pares. Tu plan ha funcionado. Has conseguido lo que querías de mí, en todos los sentidos. Así que cumple con tu deber y disfruta con la mujer a quien quieras de verdad, por ser quien es, y a mí déjame tranquila.

–No puedo… –trató de agarrarla.

Ella se escabulló.

–¿No hasta que te dé un heredero? ¿Por eso continúas manteniendo relaciones conmigo? ¿Y si te dijera…?

–Debes escucharme. Mis palabras, y mi manera de comportarme durante las últimas horas, han sido una manera de atacarte por las cosas tan feas que dijiste. Hablaste de manera tan convincente que hiciste que perdiera la memoria, que creyera que no te conocía bien. Pero incluso antes de que me lo explicaras, he recordado cada momento…

–Yo también he recordado cada momento. Y lo recuerdo ahora, cada mirada, cada caricia, cada palabra que te he dicho, cada sensación que he experimentado mientras hablabas, mientras sentía que me acariciabas con tu mirada, las manos y los labios, mientras cubrías mi cuerpo y te movías dentro de mí. Pero tengo que superponer la realidad sobre la ilusión. He visto tus verdaderos sentimientos y pensamientos mientras observabas cómo me retorcía de deseo, placer y esperanza, mientras veías cómo me enamoraba de ti. Te veo mientras te ocultas tras el escudo de la indiferencia, valorando cuándo hacerme daño, cómo provocar que te suplique, y cómo humillarme más y más.

Shehab la abrazó con fuerza para calmar su agonía. Ella se resistió, se liberó de su abrazo y comenzó a llorar con tanta fuerza que él temió que se estuviera desgarrando por dentro.

–Cielos… Tu manera de darme esperanzas, mi forma de mirarte… Pensaba que eras un hombre único que se preocupa por los sentimientos de la mujer, y no sólo por su cuerpo, que se preocupaba por mí. Y tú te contuviste todo el tiempo porque no sentías nada por mí. Has disfrutado viendo cómo quedaba como una idiota mientras recogía las miguitas que ibas tirando de vez en cuando, y agradeciéndotelo. Has debido de pensar que era patética la manera en que me encendía por ti cuando apenas me rozabas. Que mi inseguridad y mi credulidad eran ridículas. ¿Te burlabas de mí en el momento en que te daba la espalda? ¿Te reías a carcajadas cuando estabas a solas?

Sus acusaciones hicieron que se quedara paralizado al darse cuenta del daño que le había provocado. Por primera vez en su vida se sentía indefenso. ¿Cómo podría reparar un daño de esa magnitud?

Se arrodilló ante ella y notó que las lágrimas de Farah quemaban su alma.

–Te he manipulado, pero sólo porque creí las mentiras que me habían contado de ti. Cuando me di cuenta de que eran mentiras, no pude arriesgarme a ver cómo reaccionabas, así que continué engañándote sobre mi identidad, pero eso ha sido todo mi engaño. La magia que compartimos fue real desde el primer momento. Nunca he mentido acerca de lo que siento por ti. Hoy iba a confesártelo todo, pero lo he dejado para demasiado tarde.

Farah dejó de llorar y dijo:

–Ha sido culpa mía. Fui una insensata y actué de forma autodestructiva, y he recibido lo que merecía.

–No, *b'ellahi*, créeme. Eres lo que más me importa del mundo, y quiero reparar el daño que le he hecho a tu corazón. Pasaré mi vida…

Ella levantó la mano.

–No. No importa si tu marioneta está intacta o pegada con pegamento. Protegeré mis intereses.

Shehab pasó el resto del día tratando de hacer que comprendiera. Pero parecía que el daño que había provocado en su alma era irreparable.

Temía que Farah no volviera a confiar en él, ni a sentir lo mismo por él. Y él moriría sin su confianza. Sin su amor.

Pero eso no importaba. Sólo quería reparar el daño que le había hecho. Pero no sabía cómo hacerlo. Ni si podría hacerlo.

De camino al palacio real, se le ocurrió lo que debía hacer. Lo que haría.

La dejaría marchar. Del todo.

Estaban entrando en la corte del rey Atef cuando decidió cómo pronunciar su decisión. Empezó a comunicársela cuando la mirada perpleja de Farah provocó que se callara.

Asombrado, siguió la mirada de Farah y encontró al rey Atef de pie entre dos mujeres. Una era su hermana y, la otra, Anna Beaumont, la madre de Farah.

Cuando se acercaron, Anna miró a Farah con los ojos enrojecidos y dijo:

—Lo siento.

Farah comenzó a temblar y Shehab la estrechó contra su cuerpo, mirando al rey Atef. Él no comprendía nada, pero daría su vida para no volver a herir a Farah.

El rey dio un paso adelante. El dolor que reflejaba la expresión de su rostro sólo indicaba malas noticias.

—Farah… No puedo decirte cuánto lo siento, pero he de comunicarte una cosa. Igual que me alegré mucho de encontrarte, ahora me destroza la idea de perderte. He de comunicarte que no eres mi hija.

Capítulo Once

Farah miró al hombre que tenía delante.

Le estaba contando que, después de todo, no era su hija.

—Fue necesario realizar las pruebas de paternidad para poder introducirte en la familia real y completar nuestro pacto con Judar. Recogimos una muestra de tu cabello de tus aposentos. Los resultados de la prueba de ADN han sido concluyentes —hizo una pausa—. He encontrado a mi verdadera hija. Resulta que su madre, tu madre, la había dado en adopción —miró a la madre de Farah—. Entonces, ella se casó con François Beaumont y te adoptaron cuando tenías dos años, como sustituta de la hija que había dado en adopción, un hecho que no podía superar. Mi hermana fue quien adoptó a Aliyah, y ella se crió como si fuera mi sobrina, entre su familia, aunque no ocupara el puesto adecuado. Durante los últimos acontecimientos, mi hermana ha dicho la verdad y otra prueba de ADN ha confirmado sus palabras —el rey miró a Farah con más dolor que nunca en la mirada—. No te imaginas cómo me arrepiento de tener que decirte esto, pero Aliyah es mi hija. Y Shehab debe casarse con ella.

Tras escuchar esas palabras, Farah se revolvió para liberarse del abrazo de Shehab. A él no le importaría el hecho de que tuviera que casarse con otra mujer.

Para él, ella sólo había sido la hija de Atef. Y puesto que no lo era, ya no le importaba.

Shehab ya la había dejado marchar. Ella ya no existía para él.

¿Había existido alguna vez?

Farah se tambaleó un instante y miró al rey. Al hombre que no era su padre. Y puesto que François Beaumont tampoco lo era, se había quedado sin padre.

–No tiene por qué disculparse –susurró ella–. Debería ser yo quien se disculpara por el error. Mi madre debería ser mi madre… Que ni siquiera es mi madre…

El rey dio un paso adelante y agarró a la madre de Farah del brazo.

–No, hija mía… –ella dio un paso atrás y él se percató del daño que le habían provocado sus palabras–. No debes culpar a tu madre. Has de comprender cómo sucedió todo. Yo amaba a tu madre, pero no podía estar con ella, ni siquiera después de que se quedara embarazada. No podía reconocer a la criatura y, por mucho que me destrozara la idea, le pedí que se deshiciera de ella. En todo momento, me arrepentí de mis palabras, pero pensé que ella había interrumpido su embarazo. Durante años, me obligué a no buscar noticias acerca de ella. Entonces, sufrí un ataque al corazón y, al enfrentarme a la muerte, cambiaron mis prioridades. Busqué a tu madre y descubrí que tenía una hija de la misma edad que habría tenido la mía. En ningún momento dudé de que no fueras hija mía. Sólo al final, cuando para admitirte en la familia real tuve que presentar las pruebas de ADN y me dieron resultados negativos, comencé a investigar y descubrí que eras adoptada. Entonces volvimos a la casilla de salida, respecto a lo que a la crisis se refiere, y mi hermana Bahiyah confesó la verdad. Yo llame a tu madre para que viniera a completar la historia.

Farah lo miró a él y después a su madre.

Mentira. Todo había sido mentira. Desde el principio. Todo lo que ella conocía sobre su vida. Sobre su madre y su padre. Sobre Shehab.

La madre comenzó a llorar y la miró suplicando indulgencia.

–¿Cómo has podido hacerme esto? ¿Por qué nos dejaste creer que yo era la hija del rey Atef? –preguntó Farah–. Te arrepentías de haberme adoptado y querías endilgarme a otra persona, ¿no es eso? ¿Por qué? Nunca fui una carga para ti, sólo quería que me amaras, o al menos, que no me consideraras una molestia. Nunca comprendí por qué lo sentías. Pensé que había encontrado la respuesta, pensé que yo te recordaba al hombre que habías amado y que habías perdido. Pero resulta que no me querías porque no era hija tuya...

El rey trató de intervenir otra vez, pero su madre lo sujetó del antebrazo para detenerlo.

–No, Farah. Es al contrario. Quise adoptarte desde el primer momento en que te vi entre cientos de niños. Pero me rechazaron. Era una mujer sola que un año antes había dado a su propia hija en adopción. Entonces, encontré a François, y él removió tierra y cielo para que pudiéramos adoptarte. Él decidió que siempre serías nuestra, que nunca te diríamos lo contrario. Sabes cómo te amaba. Eras su vida. Pero yo estaba enferma, Farah. Y él permaneció a mi lado, ocultando el hecho de que yo iba a terapia para que no nos separaran de ti.

–¿A terapia? ¿Ibas a terapia? ¿Y nunca me lo contaste?

–No podía decírtelo. Iba por ti, y no quería que te sintieras responsable ni culpable. Pero tenía mucho miedo a perderte, y François hizo que me diera cuenta de que te estaba agobiando. Tú no lo recordarás, puesto que llevo yendo a terapia desde que tenías seis años. Desde entonces, he estado luchando para contenerme.

Farah soltó una risita amarga.

–Lo hiciste muy bien. Siempre pensé que no me soportabas, y más después de que muriera papá.

Anna negó con la cabeza.

–No, cariño, no. Cuando murió François, yo deseaba estar contigo a toda costa. Y sabía que tú lo permitirías, que soportarías mi carga y nunca te quejarías. Sabía que permitirías que controlara tu vida. Pero no podía hacerte eso. Quería que vivieras tu propia vida.

–Y me dejaste que la viviera sola. ¿Es lo que creíais mejor para mí?

–No, cariño, por favor. Trata de comprender lo difícil que era. Tenía ataques de ansiedad, necesitaba seguirte en todo momento. No había término medio. Era agobiarte o dejarte marchar.

–Así que me dejaste marchar. Y ahora no tengo madre…

–No digas eso, cariño. Soy tu madre.

Y Farah gritó:

–¡No, no lo eres! Si te hubiera importado, no habrías hecho esto conmigo. ¿No sabes lo que hiciste? Les hiciste creer que yo era la pieza que faltaba en su plan, y enviaron a Shehab tras de mí. Yo estaba contenta con mi vida solitaria, y no esperaba que sucediera nada especial. Entonces, apareció él, y yo comencé a soñar. Era feliz. Lo fui durante unas semanas. Y ahora, todo ha terminado.

Trataron de abrazarla, pero ella se resistió. Estaba cegada, enfurecida como un animal acorralado, hasta que sintió algo frío en la espalda. Estaba apoyada contra una columna y sólo oía el sonido de su llanto.

La voz de Anna penetró en sus oídos.

—Creía que te estaba dando un nuevo padre y la posibilidad de que alguien más te quisiera. Una vida privilegiada. No sabía dónde estaba, ni quién era, mi hija biológica. Quería que tú disfrutaras del derecho que ella debería haber disfrutado. Quería ayudar a Atef y a su reino. Nunca pensé que pudiera hacerte daño… Oh, cielos, cariño… Perdóname…

Farah dio un paso adelante para enfrentarse a su madre.

—¿Has conocido a tu verdadera hija?

Anna negó con la cabeza y le tendió las manos.

—Cuando lo hagas, no me cuentes nada de ella. No quiero tener ni una imagen de ella.

Comenzó a llorar pensando en que Shehab se casaría con aquella mujer. En cómo se entregaría a ella para darle placer, para derramar su semilla en el interior de su cuerpo y…

—No puedo soportarlo —notó que la tocaba y gritó—: ¡No me toques! ¿Quién son mis verdaderos padres? ¿Los conoces?

Anna negó con la cabeza.

Y Farah gimió.

—Oh, cielos… No pertenezco a nadie…

Shehab tenía que detener a Farah. Tenía que parar su agonía antes de que terminara con ambos.

Pero antes de que pudiera acercarse a ella, Farah ya estaba en la puerta, con los ojos llenos de lágrimas que parecían teñidas de sangre.

Él corrió a su lado, la detuvo y le secó las lágrimas.

Ella negó con la cabeza y trató de liberarse sin mirarlo a los ojos.

–Siento todo el tiempo y esfuerzo que has empleado conmigo. Pero ahora tienes a la mujer que solucionará todos tus problemas y no tendrás que volver a saber nada de mí.

Él se arrodilló a sus pies.

–Farah, por favor, si no quieres matarme, aunque merezca todo lo que me hagas, te suplico que pares. Deja de atormentarte. Nada de esto, ninguno de nosotros, y sobre todo yo, merece una de tus preciadas lágrimas.

Ella lo miró y le acarició la mejilla. Estaba mojada.

Shehab se percató de lo que sucedía. Estaba llorando. No había llorado desde la muerte de su madre. Y lloraba por el daño que le había causado a la mujer que se había convertido en lo más preciado de su vida. La mujer que temía que ya nunca estaría a su lado.

–No es cierto que no pertenezcas a nadie. Y aunque así fuera, no importaría. Eres mía. Igual que yo soy tuyo.

Todo se detuvo. Sus lágrimas, sus respiraciones, sus corazones. Pero él sabía que no la convencería tan fácilmente. Debía…

–Debes parar esto ahora mismo, Shehab –dijo el rey Atef, con tono severo–. Haré todo lo que esté en mi mano para compensar a Farah, pero tú tienes que cumplir con tu deber.

Shehab agarró a Farah por la cintura y la abrazó.

–Sí, tengo un deber que cumplir –la miró–. Con la mujer que amo. Farah, mi vida, te suplico que te cases conmigo.

Farah comenzó a llorar y él la abrazó con más fuerza.

–Cásate conmigo, deja que viva mi vida llenando la tuya con seguridad y amor –la miró fijamente–. Te quiero a ti, sin planes ocultos. Te amo, por ser como eres.

Ella le acarició la cabeza y el rostro.

–Sí, créeme. Te lo suplico, *ya mabudati*. Eran ciertas, cada palabra, cada caricia y cada promesa.

Ella negó con la cabeza.

–No puede ser… No soy…

–Y me encanta que no lo seas. Si fueras la hija del rey siempre pensarías que me he casado contigo por interés. He estado a punto de dejarte marchar, habría movido tierra y cielo para encontrar la paz sin que tuviéramos que casarnos, habría suplicado para seguir siendo tu amante, y convertirme en tu esposo sólo cuando creyeras que te quería por ser tú. Pero ahora es mejor que lo que nunca imaginé. Ahora eres Farah, sin más. Estarás segura de que cada minuto de vida que me queda es para ti, y para nada, ni nadie, más que tú.

–Basta, Shehab –ordenó el rey Atef–. No seas cruel, no prometas cosas que no puedes cumplir. Como futuro rey de Judar…

–Como futuro rey de Judar tengo que pagar el precio de no comprometerme con Farah –lo interrumpió antes de ponerse en pie–. Y puesto que eso es imposible, abdicaré encantado.

El mundo se detuvo una vez más.

Él quería abdicar. Por ella.

Le había estado diciendo la verdad.

Sentía lo mismo que ella.

La levantó del suelo con un abrazo y ocultó el rostro contra su cuello, humedeciéndole la piel con sus lágrimas.

Ella no podía soportarlo, no podía sentirse responsable de tanto dolor.

Lo abrazó y tomó su rostro entre las manos.

–Si estás haciendo todo esto para que te crea, no es necesario. Te creo. Te creo, mi amor. Pero no puedes escapar de tus deberes.

–Sí puedo… –la besó en ambas manos–. Y lo haré –echó la cabeza hacia atrás y soltó una carcajada–. ¿Sabes a quién quiero casi tanto como a ti en estos momentos? A Kamal. Estoy encantado de que sea mi hermano pequeño. Ahora comprendo lo aliviado que estaba Faruq de que yo fuera el siguiente en la línea de sucesión y de poder pasarme el trono y a la mujer con la que debía casarse.

–¿Quieres decir…? Pero tú… Y él no podría ser… No puedo permitir que hagas esto por mí. Puede que te arrepientas de renunciar a tantas cosas, y no puedo…

–Renunciar a ti sería como renunciar a mi vida. Kamal será el futuro rey. Probablemente sea mejor para el puesto que yo. Y no está comprometido, así que casarse con Aliyah no supondrá un problema para él. Faruq y yo seguiremos siendo príncipes, y continuaremos como antes, asegurando la estabilidad y la prosperidad del país.

Al ver que ella continuaba objetando, le cubrió los labios con un dedo.

–Nunca me arrepentiré de mi decisión. Sólo me arrepentiré si sigo haciéndote daño. Verte sufrir, y comprobar que era por mi culpa, ha estado a punto de matarme. Es por ti por quien late mi corazón. Tú me has hecho descubrir un mundo que no sabía que existía, me has salvado, *ya farah rohi*, mi vida. Y soy tuyo.

Farah se lanzó a sus brazos y empezó a darle besos. Él permaneció allí, sintiéndose bendecido.

Entonces, llegó el momento de permitir la entrada al mundo exterior. Sólo porque Shehab creía que ella lo necesitaba para terminar de curarse.

Se volvió hacia los demás y los miró.

–Esto saldrá de maravilla –le dijo al rey–. Kamal será mucho mejor jefe de estado que yo.

–Vas a dejar que tu hermano, el hombre más impetuoso de la región, se case con mi sobrina, digo, mi hija, la figura más volátil de la región, ¿y me prometes los mejores resultados? Si hay alguien que pueda hacer que los al Shalaan se arrepientan de sus maquinaciones y que los al Masud se arrepientan de haber sucumbido a ellas, son esos dos.

Shehab se rió y besó a Farah en la boca.

–Quizá sea exactamente lo que la región necesita.

–¿Quieres decir lo que merece? –preguntó el rey, antes de acercarse con Anna y su hermana–. Hija mía, perdóname por oponerme al compromiso de Shehab, pero no era consciente de lo profunda que era vuestra relación. He de decir que me asusté cuando vi que esto conllevaría que el tercer hermano de los al Masud ocupase el puesto… Pero ahora me alegro de que Shehab tenga un hermano, aunque sea Kamal, para que pueda darte lo que te mereces, la mejor vida que pueda ofrecerte. Durante el tiempo que te consideré mi hija, llegaste a importarme de verdad. Espero que ahora que eres la cuñada de mi hija, y puesto que tenéis la misma madre, te llevaré en mi corazón igual que tú me llevarás en el tuyo.

Farah se lanzó a los brazos del rey Atef y comenzó a llorar.

–Me habría encantado tenerte como padre. Sé que te llevaré en mi corazón… –lo miró a los ojos–. ¿Y en mi vida?

–Será un privilegio y un honor, *ya bnayti* –la abrazó.

En ese momento, Shehab temía que Anna se desmayara y se volvió hacia ella.

–Espero que tú te sientas igual de entusiasta respecto a que forme parte de tu vida, *ya sayedati*.

–Sí, sí, por supuesto –contestó la mujer sin dejar de mirar a Farah.

Shehab se acercó a Farah y le susurró al oído:

–Haz las paces con la madre, que te quiere, aunque no haya sabido quererte. Oriéntala, oriéntala como me has orientado a mí, enséñale a amar, y acepta todo el amor que te mereces.

Farah lo miró un instante y se acercó a su madre para abrazarla.

–Siempre quise que fueras feliz y te sintieras orgullosa de mí. Mamá, te quiero. No deberías haber luchado sola, deberías haber dejado que te ayudara. Y lo haré, a partir de ahora –Anna comenzó a llorar y Farah la tranquilizó abrazándola con más fuerza–. No te sientas mal, mamá. Todo ha terminado. Y respecto a todo lo que dije, mira cómo me equivoqué. Si hubieras permanecido en silencio no habría encontrado a Shehab, y no sería tan feliz como ahora. Y respecto a Aliyah, no hablaba en serio, bueno o lo hice porque pensaba que Shehab se casaría con ella, no porque sea tu verdadera hija. Espero que permita que seamos parte de su vida. Me encantaría tener una hermana.

–Aliyah también estará encantada –dijo Bahiyah–. Siempre ha querido tener una hermana.

–Esto significa que serás mi tía –Farah abrazó a la mujer–. Siempre he querido tener una tía.

Al cabo de un momento, todos se dirigieron al salón familiar, donde Shehab observó cómo Farah se ganaba a los presentes. Y aunque no deseaba más que tomarla en sus brazos y quedarse a solas con ella, permitió que disfrutaran de ella todo lo posible.

Horas más tarde, el rey se marchó y Anna permaneció allí poniéndose al día con Shehab y con Farah. Cuando Shehab sintió que la relación madre-hija estaba bien encaminada, decidió poner fin a la reunión.

Se agachó para besar a su suegra en la mejilla y dijo:

–Habría insistido en que nos acompañaras, pero sé que eres la invitada del rey Atef y que tienes otra hija con la que empezar una relación. Cuando estés

preparada para venir a vernos, nuestra casa es tuya
–se acercó a Farah y la tomó en brazos–. Ahora, dis-
cúlpame. He de llevar a mi prometida a casa.

Una hora más tarde, en la habitación del jet privado, Farah se volvió en sus brazos y susurró:

–¿Todo esto está sucediendo de verdad? ¿Eres
mío? ¿Y por fin tendré a mi madre a mi lado? ¿Y una
nueva familia?

Él le acarició la espalda.

–Todo esto está sucediendo, es lo que te mereces,
ya malekat galbi.

–A partir de ahora me traducirás cada palabra que
digas en árabe. Quiero aprender el idioma lo antes
posible.

Él se rió.

–Prometo enseñarte todo lo que quieras. *Malekat
galbi* significa «gobernadora de mi corazón».

Ella se mordió el labio.

–Hablando de gobernadores… Pronto habrá otro
que gobierne nuestras vidas. Lo sospechaba, y me hice
la prueba en el bungaló, antes de que llegaras… Estoy
embarazada.

Él se quedó de piedra.

–No usamos protección y fue una imprudencia
por mi parte, pero siempre pensé que terminaría
adoptando o teniendo un hijo sin pareja, puesto que
no encontraría al hombre de mi vida. Pero te quería,
y sabía que no volvería a amar a nadie de esa manera.
Pensé que si me quedaba embarazada de ti, tendría
una parte tuya para siempre…

Él la besó en la boca y la miró:

–Estás… Estás… –por primera vez en su vida se había quedado sin habla.

Él se sentó y se pasó la mano por el cabello.

–Tendrás que controlar tus palabras, o puede que termines casándote con un hombre con una esperanza de vida muy corta –se volvió y la acurrucó contra su cuerpo–. ¿Te habrías marchado con mi hijo, sacrificando tu vida? ¿Qué te he dicho sobre los sacrificios? Me prometiste que nunca volverías a sacrificarte por nada.

–Tener a tu hijo sola no habría sido un sacrificio, sino mi propio milagro. Además, ahora te tengo a ti. Sacrificaría cualquier cosa por ti, así que será mejor que aprendas a vivir con ello. Igual que yo tendré que aprender a vivir con el sacrificio que has hecho por mí –Shehab comenzó a decirle que no había hecho tal sacrificio, pero ella lo interrumpió–. Y quiero tener otro hijo más. Bueno, si todo sale bien con éste… Y si te parece bien, claro.

–Me encantaría que mi vida se llenara de hijos tuyos. Cada vez que hacíamos el amor deseaba engendrar un hijo producto de nuestro amor y placer. Pero sabía que sería feliz con uno, o con ninguno. Soy feliz sólo teniéndote a ti…

Al cabo de un rato, cuando estaban aterrizando en Judar, él añadió:

–Bienvenida a nuestra nueva casa, *ya ameerati*… Mi princesa.

Ella sonrió y se sentó para mirar por la ventana.

–Esto parece otro planeta.

Él se rió y le besó la espalda.

–Y celebraremos una boda de otra época, de otro reino. Una reproducción de *Las mil y una noches*.

–Pero ya viste cómo me las arreglé cuando asistí a una fiesta elegante con un vestido complicado. Me moriría si te avergonzase enfrente de todo el mundo.

–Uy, respecto a eso… –le confesó que todo lo había tramado él.

Después de echarle la bronca con cariño, ella lo miró sonrojada.

–Esas fiestas implican mucha organización y probablemente no podamos vernos durante semanas. ¿No me habías prometido cada minuto de tu vida? No es que quiera que estés atado a mi lado ni nada de eso, pero piensa en la de minutos que perderemos durante los preparativos.

–Ambos tenemos suerte de que Carmen, la esposa de Faruq, sea como el hada que se encarga de organizar eventos. Estoy seguro de que utilizará la magia y se encargará de todo. Te prometí cada minuto, *ya mashugati*, y los tendrás.

–Ya tengo todo lo que necesito… ¿Cómo se dice *habibati* y *mashugati* cuando se trata de un hombre?

Él le besó una mano.

–*Habibi* –después la otra–. Y *mashugi*.

Farah se las besó a él y sus ojos se inundaron de lágrimas.

–Ya lo tengo todo, *ya habibi*. Te tengo a ti, *ya mashugi*.

Él cerró los ojos.

–Por siempre.

–¿Cómo?

–Te enseñaré cómo. ¿Tienes cincuenta años?

Ella suspiró y lo besó en el cuello.

–Para empezar.

–Eres demasiado generosa, *ya farah rohi*. Y demasiado indulgente. Ahora quiero que disfrutes.

–Disfruté mucho. Y disfrutaré.

–Demuéstramelo.

Farah se lo demostró. Y mientras él se adentraba en su cuerpo, en su amor y en su placer, supo que ella siempre se lo demostraría, porque siempre estaría a su lado.

En silencio, agradeció que la crisis los hubiera unido.

Y que el milagro de su amor hubiese creado una nueva vida…

En el Deseo titulado
El león del desierto, de Olivia Gates,
podrás continuar la serie
AMOR ENTRE DUNAS

Deseo™

Pasión inolvidable

Robyn Grady

Resentido contra una engañosa here-
dera, Tristan Barkley había jurado no
volver a enamorarse. Hasta que una
noche de pasión con Eleanor Jacobs,
su misteriosa ama de llaves convertida
en explosiva rubia, hizo que el millonario se pensara dos veces tal decisión.
Encontraría la manera de garantizar
que ella permaneciera a su lado… y en
su cama. Y cuando descubrió que Eleanor estaba esperando un hijo suyo, le
propuso la única solución posible: casarse. Pero cuando ella aceptó, Tristan
empezó a pensar que Eleanor estaba
escondiendo algo y pronto comenzó a

dudar de sus motivos para acceder a ese matrimonio: ¿por amor,
por dinero… o para siempre?

El precio de la pasión

Acepte 2 de nuestras mejores novelas de amor GRATIS

¡Y reciba un regalo sorpresa!

Bianca™

Cuando pueda verla, ¿seguirá deseándola?

El multimillonario Cesare Brunelli había perdido la vista al rescatar a una niña de un coche en llamas y la única persona que lo trataba sin compasión alguna era la mujer con la que había disfrutado de una noche de pasión. ¡Pero se quedó embarazada!

Y eso provocó la única reacción que Samantha no esperaba: una proposición de matrimonio. Él no se creía enamorado, pero Sam sabía que ella sí lo estaba. Y cuando Cesare recuperó la vista, Sam pensó que cambiaría a su diminuta y pelirroja esposa por una de las altas e impresionantes rubias con las que solía salir.

HARLEQUIN™
Bianca™

Ciegos al amor
Kim Lawrence

Ciegos al amor

Kim Lawrence

Deseo™

Una negociación millonaria

Tessa Radley

Al pasar de padrino de boda a tutor de un bebé tras un suceso traumático, el rebelde millonario Connor North decidió exigir sus derechos. Si la dama de honor, Victoria Sutton, pretendía formar parte de la vida del bebé, tendría que jugar de acuerdo a sus reglas. Así que Victoria se mudó a su mansión e incluso accedió a convertirse en su esposa.

A pesar del desprecio inicial que sentía por el poderoso hombre de negocios, Victoria acabó por sucumbir a sus encantos. Ninguno de los dos había calculado la fuerza del vínculo que los iba a ligar al niño, ni la que surgiría entre ellos. Sin embargo, la revelación de un secreto podría destruir aquello que tanto les había costado encontrar.

¿Accedería a las exigencias de aquel hombre?